作者简介

　　俞悦，知名媒体人。精习昆曲、书法、绘画，有散文集《小物语》、字帖《最美唐诗抄本》行世。

俞悦 著

意外之美

长江出版传媒 | 长江文艺出版社

北京长江新世纪文化传媒有限公司

www.cjxinshiji.com

出品

序

遥想与近思
——读俞悦《意外之美》

刘震云

玻璃、服饰、刺绣、皮影、玉玺与钱、石头和玉、利玛窦带来的鼻烟壶、大唐的金器和银器，对，还有盆景、家具、妆奁、镜子、扇子、茶叶、竹子、笔墨纸砚，跟着《意外之美》，一起来到你的面前。

利玛窦，一个一辈子像耶稣一样困顿的人，除了给中国带来了天主教，还带来了鼻烟壶，让人啼笑皆非。

镜子是什么？就是没有镜子之前的一片水。

忙碌与悠闲、化鱼之梦、星空的无解和人心的更无解、酒与酒德、香如鸦片和毒药、庄周梦蝶、花鸟虫鱼、羊、香草美人、桥与彩虹、建筑的"空"与"无"、蒙古长调、中国山水画，虽不身临其境，通过《意外之美》，也让你徜徉其间。

酒能使人快速分泌多巴胺，也能快速使人智力降低，得小心。

点心、粽子、年夜饭、私房菜、过节、捡漏儿、学习、游戏、电视、棉裤、自己的玫瑰，还有与父母的当年，虽是作者的往事和近知，读了《意外之美》，也会让你深有同感，一切恍如昨天，恍如身边。

树欲静而风不止，子欲养而亲不待，或者，子欲知而亲不待。

你曾是贫农，为什么不能善待保姆？

苏轼是诗也写得，东坡肉也做得，名高有余想，事往无留观。

都是哲学命题。

《意外之美》这本书，写出了作者目之所及，及心之所向，及有意无意间的遥想和近思。

它写出诸多的一件事、一个物件从产生到演变的过程；一件事和另一件事、一个物件和另一个物件、一个人和另一个人的关联和暗中的关联；这种产生和演变、关联和幽暗关联背后的令人啼笑皆非的道理；其中，有我们过去没顾及和思考的角落。一件事和另一件事的关联，跨越一天也许没意思，跨越千年就有意义喽。

啼笑皆非，是严肃的另一种标志。

这是本有趣的书，让人会心一笑的书，能引起意外之美和意外思考的书。唉，偶尔和随意的一想，谁知，也许暗含着人类发展的规律和社会运行的规律呢。是谁脆弱？一个鼻烟壶或一把扇子，庄周梦蝶或香草美人，还是人类和社会的运行规律呢？铁血定律，如血是真的，是否如铁，就难说了。

俞悦这些文章，之前在一些杂志上发表过，如今聚集在一起，就有了集束和系统的重量。是物和人的系统，还有遐想和思考的系统。

文中还穿插着俞悦自己作的画，也让人会心一笑：才女是这样炼成的。

2023 年 12 月　北京

目　录
CONTENTS

第一章　意外之美

意外之美

▼
♡
▼

　　世界上最神秘的事，就是人的可能性。你可能知道你是谁，但是你不知道，你还可能是谁。你现在的生活，也许只是你生命诸多的可能性中的一种——实现了的一种。你的生命中，还有许许多多的可能性正在沉睡，而且似乎永远都不会醒来。我们什么时候才能与那突然醒来的可能性劈面遭逢？这常常是一件神秘而偶然的事。比如千余年前的某天，一位姓杨的女子，突然遇见那位姓李的皇帝——在那之前，原本一切都是不可能的。这名女子不过是一个皇子的嫔妃，不出意外的话，她将度过安宁富贵的一生。但由于那一天的遇见，她的命运被神奇的可能性之手瞬间改写，她由此走进一段辉煌的传奇，她的名字也因此千年流传。当然，也正是在那一天，她走向了悬挂在马嵬坡前的三尺白绫。杨玉环，对我们来说，她可能太过遥远。

但其实，即便寻常如你我，寻常如你我周遭千千万万的人们，可能性之手，也随时会在某个时刻悄然张开。

比如，一个稻农。有一天，他那握锄的手，偶然拿起了照相机。有人告诉他："拍吧，拍下你所看到的，你所感动的，你所惊叹的——拍下落入你眼中认为美的一切。"于是他在照相机镜头后惊奇地看着这个世界，新鲜而陌生。他拍下了他认为有趣的东西，然后世界上的很多人看到了他的作品。人们便说，这个人有一双艺术家的眼睛，有一颗艺术家的心。

对这个劳作的农民来说，这架照相机就为他打开了生命中的另一种可能。

人的神秘，人生的壮阔和瑰丽，也许就在于对自身生命中那未知的可能性领域的探索。也就是说，我们不仅要知道我是谁，还要知道我可能是谁；我们不仅要知道生活是怎样的，还要知道生活还可能怎样。

所以，要选择，要远行，要飞翔。

玻璃金

▼
▽ ▽
▼

"彩云易散琉璃脆"——这"琉璃"，说的便是玻璃。

玻璃这凡俗之物，在古代中国一直是珍贵的、脆弱的，难拥有，更难长久。

一个重要的原因是，玻璃几乎一直都是舶来品，它是来自天边的物质，来自遥远的阿拉伯和欧洲，从万里大漠的驼背上来，从茫茫大海的船只上来。玻璃本身是如此的脆弱和易碎，需小心，需轻放，千里万里，颠簸摇荡来到中土，也难怪它会成为宫廷豪门的珍宝。

一件有趣的事情是，我们的古人，是制造瓷器的天才，却未能充分掌握制造玻璃的技艺。国产玻璃有两个技术难题一直未能解决：一是透明度，二是耐热性。到清代康乾年间，皇家开设了专门的玻璃作坊，聘请了洋人专家，引进了西方的先进技术，一度也能生产高质量的玻璃，玻璃杯里倒开水也不会哗啦炸掉。但是那作坊是开给皇上玩的，开作坊的人从来没有想过什么叫作市场，没想过满足广大消费者的需要。结果，皇上不爱玩了，玻璃也就渐渐式微了。

几年前，在扬州的徐凝门街，我参观了建于晚清的何园，那是中西合璧、奇巧瑰丽的名园，一座楠木大厅，巨大的玻璃窗映现楼台花树。那玻璃当时便是从国外进口的，价格昂贵，故老相传，一寸玻璃一寸金。在那时，这如金的玻璃配着金丝楠木，其豪奢便是如今的福布斯富豪也不可匹敌。由此可见，直到清末，玻璃也是王谢堂前之物，不入百姓之家，其实即使到20世纪六七十年代，在中国的农村，大多数人家窗户上还是糊着白纸，若是有那么一家在纸糊的窗格里嵌上块玻璃，便足以傲视全村了。

现在是21世纪，中国的大城市几乎成了玻璃森林。农村里，蓬门瓦舍也都镶着明亮的玻璃，玻璃已成凡俗的日常之物，我们对它几乎视而不见。从稀世之珍到凡俗之物的过程，一块明亮的玻璃，折射着中国现代化的漫漫长路。

这个春日，坐在窗前，不仅看窗外的行人与绿树，看夜晚的星月灯光，也请看看玻璃本身，这曾经如金，曾经神奇，曾经寄托着奇思和梦想的玻璃。

衣帝国

▼▼▼

后宫，在一种大众想象中，是帝王隐秘的放纵之地，不可窥视，因而愈加引人遐思。

但是，也许和大众的想象恰恰相反，后宫可能也是这世界上最乏味的地方。《红楼梦》里，贾元春说，那是见不得人的去处。见不得人，就如同囚牢，就没有人的乐趣，日子便是寂寞，便是无望之守望，是时光在镜中缓缓流过，是青丝变白发。

话说回来，即使是囚牢，后宫也是金子

一般的囚牢,那寂寞是光辉和富丽的,是锦缎、金钗、桂冠和玉镯——世上最美之物,包裹着,同时也束缚着,那些寂寞而躁动的心。

后宫有森严的理法,后宫的女人们,紧紧地活在她们的身份当中——守分便是守理,守理即是守分,而礼已贯彻她们生命和生活的一切细节,首先就是服饰。

清代后宫的服饰,向我们展示的,首先是关于人的森严等级——

衣服是不属于人的,它只属于特定的身份。看着这些华服,我们会感觉到,这些衣饰似有灵性,它们在世间是永恒的,它们总是静静地等待着,等待着女人们付出她们的容颜、心血和运气,以便走近它们。

事实确实如此,这些高贵的衣裳,没有主人。它们才是人的主人。不知道有多少女人穿戴过它们,但是后来,那些人消失了,而衣裳还在,还在接受着人们的赞叹、敬畏和膜拜。

后宫的服饰，是人类服饰史上的一个奇观。从某种意义上说，它们无情地证明了人曾经是多么软弱，人曾经为服饰所统治。大清后宫的衣裳，是永恒的衣裳。而当下时代的衣裳，却是永远在不停变化的衣裳。这不变与变，体现着两个时代的根本区别，当当下时代的时装工业，日复一日地生产千变万化的衣裳时，这意味着对人的肯定，人可以选择他的衣服，人也可以做他自己。

但是，不变中也有着值得珍视的价值。那意味着，在高度的限制中，穷尽心力的考究贵重，意味着衣裳中所凝聚的人力与巧思的敬重与珍惜，意味着我们相信这世界上或许还有东西会天长地久。

在这个意义上，后宫的华衣美冠，这金色囚牢中的繁花，依然在时光的深处，静静地开放，引人眺望。

舞动的针

▼
▼
▼

在古代中国，也许只有刺绣是属于女人的艺术。千百年来，华夏大地上无数的女人，把她们的明眸和巧手、灵心与慧性，把她们对于人世的深爱，以及对岁月的祝福，都凝聚在一根针、一根线上面。有了这千针万线，便有了流派纷呈、千姿百态的刺绣。

刺绣也能登堂入室，它曾装点庙堂——辉煌的帷幔、灿烂的补服，女人们的巧手，成就了帝国的威严；但刺绣更是民间的，它是农业社会，庶民的平淡生活中盛开的奇葩。不管是富裕还是艰困，那些对日子有心、对生活充满爱意的女人，总会拿起她的针，把她的心思、情谊或思念，绣在那些图案和纹样里，绣在那漫长的岁月中。

那些民间的女性，几乎没有人知道她们的名字，因为刺绣是中国艺术中最为深长和最为寂寞的脉络。所以，只是偶然的，才有个别的女性从历史和岁月的尘烟中，被后人辨识出来。比如明代的缪瑞云，她是顾绣的创始者。几百年前，在江南顾府的亭台楼阁之间，这个女人把刺绣带到了艺术的巅峰。后来，小说家王安忆在她的长篇小说《天香》

中，讲述了"瑞云"们的故事。在作家的笔下，这个故事不仅是关于刺绣的，也不仅是关于女人的，它还与中国生活中的"物"有关，与上海这个现代都市的来源有关。

　　只要有时间，我特别喜欢徜徉于博物馆。

每当和那些精美绝伦的古代绣品对话时，我的眼前常常会浮现出那样的情境：在历史的河道中，一根针舞动着，于粼粼银光中变化出无穷的样式和颜色，这根针也会顺着历史的纹理，描绘历史的纹样。所以，从某种程度上说，一根针，也能成为历史的见证者和参与者。

现在，古人刺绣所用的那些针和线，恐怕都不再是现代家庭必备的物品，女人们也早已从养育了刺绣的漫长而虚空的生活中走了出来。但是，在刺绣中回荡着的那份心愿，那份祈盼，依然荡漾在我们的心中，让我们获取更多的温暖。

一元复始，万象更新，每每在这样的时候，每一个中国人恐怕都愿意看到，被祖祖辈辈反复绣出的那些温柔美好的心愿：富贵牡丹、并蒂莲花、比翼鸳鸯、喜鹊登枝……

全球化早已发生

▼
▼

那是大海的蓝。那是地中海、印度洋和太平洋之蓝。也或许，是从阿拉伯到中亚的沙漠之金与天空之蓝。

景泰蓝，在我们心中，或许是最具中国特色的器物，它以中国明代中叶一位皇帝的年号命名。这位皇帝，恰好是一位平庸的、失败的皇帝，一般的中国民众很难记起他。但是，中国人都记得或者知道景泰蓝。它富丽华贵，它意味着繁难的工艺和一种近乎天真的奢侈品位，它被摆放在帝国皇宫的大殿之上，它象征着天上人间，象征着无上的皇权和囊括四海的财富。

这就是景泰蓝。我们常常认为景泰蓝最"中国"。但是，历史学家告诉我们，它起源于东罗马拜占庭帝国某个天才工匠的创造，然后通过那些阿拉伯的工匠们，再通过蒙古大军的铁骑，景泰蓝来到了中国。在公元15世纪，英宗皇帝在"土木堡之变"中被蒙古瓦剌所俘，其弟即位，是为景泰帝。其时，国家风雨飘摇，社稷濒危，在正史上，我们看到的是战争是离乱是动荡不安……但是就在那时，景泰宫中的工匠们，却正在用当年元代宫廷所遗留下来的器物和工艺拼接改换，成就了后人所记忆所传颂的景泰蓝。

这是一个近乎被湮没的故事。我们已经不知道当时的人们何以如此，但重要的是，经过他们的拼接和改造，景泰蓝由异域新奇之物，变成了完完全全彻彻底底的中国制造。

这是一个例子，证明了中国文化的复杂和博大。中国古人可能有过令我们至今都难以企及的包容之力和消化之力。我们的先人，能够将那些来自远方——沙漠尽头、山尽头、海尽头的东西拿过来，改造拼接为己用，为己有，成为我们自己的器物。追根溯源，很多最"中国"的事物，或许都有来自异域的影响，景泰蓝如此，佛教以及佛教文化对中国深远的影响更是如此——这恰恰是我们的传统和文化的荣光所在，是我们传统的生命力之所在。

据说，21世纪是一个全球化的时代。但

实际上，回到我们的历史，深入我们的历史，我们可能会发现，全球化早已发生。不同的文化、不同的民族之间的相互影响，在几百上千年前，早已深入我们民族的正常生活之中。只不过，对那时的人来说，这个全球化过程，这种影响与创作的过程，更需要耐心、智慧、包容和创新。

所以，看景泰蓝，可知先人的气度和胸襟。那种趣味，在元明之前，其实是没有的。但元代和明代的人们，看到了，触摸到了，觉得好，就拿过来，把它变成自己的。

有了这样的胸襟，才有了我们博大精深、丰富多样的传统，才有了我们生生不息的文化。

瓷器的召唤

▼
▽
▼

在维也纳、伦敦、巴黎，或者是阿姆斯特丹，我们有个惊喜的发现——另一个"中国制造"的年代。

那个时代，现在被保存在博物馆里，或者昏睡在海底的沉船之中，对于现代人来说，已经显得十分遥远，但那曾经是经历过几个世纪，跨越过万里海洋的人类交往以及贸易的奇观。

在欧洲的各大博物馆里，珍藏着数量惊

人的中国瓷器。这些瓷器，在中国国内少有存世，原因是在很久以前，它们通过艰险而漫长的海上贸易通道，被送往了遥远的西方。

所以，很多"新"事情，也许不像我们想象的那么"新"。强大的制造业，大规模的对外贸易，以及由此而来的滚滚财富，曾经是 16 世纪中国与欧洲关系的基本状态。

在那个遥远的、近乎被遗忘的时代，欧洲各国的皇室和贵族们的奢华餐桌上，摆放着琳琅满目的中国瓷器，餐桌边的绅士和淑女们，身着中国丝绸裁制的衣裳。中国的艺术、园林乃至家具，在那个时代的欧洲建筑中，留下了鲜明的印记。

更重要的是，在那时的欧洲人眼里，那个生产如此精美瓷器与丝绸的远方国度，是如此的文明与先进，为数不多的到过中国的欧洲人，都曾惊叹这个庞大国度被治理得有条不紊。中国的文官制度，相比欧洲的贵族世袭统治，被认为更合乎理性，也更有效率。

某种程度上，对于中国的想象和认识，成为欧洲启蒙运动的重要资源。欧洲人意识到，在大陆的另一端，有一个更为文明的国度。思想家们依据这种意识，推动和改变他们自己的生活。

这一切，发生在三四百年前，它和后

来发生的事情，构成了鲜明的对照。今天，那个时代对于我们和欧洲人来说，都已经十分遥远了。所幸的是，那些瓷器还在，它们被静静地安置在博物馆的玻璃橱柜里。它们是无言的，但是它们凝聚着人类生活中一些宝贵的经验——对于中国人来说，我们应该记住，我们的祖先曾经如此勇敢、自信而活跃地面对这个世界。当这个民族打开国门走向世界的时候，一定能够在世界面前证明我们的力量，证明我们巨大的创造力与行动力。

所以，静静地走近那些瓷器，倾听那些器皿内部回荡着的几百年前的涛声，也回荡着先人们的壮志和伟业，回荡着他们对后来的中国人的持续的召唤与期待。当年景德镇的瓷匠们曾否想到，几百年以后，中国商人和游客的脚步，遍布大陆另一端的每个角落呢？历史的奇妙和壮阔，就在于此。

捉

影

▼
▼
▼

在巴尔扎克的小说《驴皮记》中，驴皮是一种神奇的、能制造幻象的事物。巴尔扎克先生没来过中国，如果来过，他一定会知道，在中国也有一种神奇的"皮"。这种"皮"，与幻影的"影"，构成了一种悠久而魅惑的艺术。

千年皮影，如今或成绝唱。和戏剧、电影、电视相比，皮影是如此简单和粗陋。现代人的眼睛是懒惰的，习惯于让万物在我们面前穷形尽相地展现。

　　但是现在，让我们回到古老的中国，月色笼罩着打麦场，或者是晒谷场，村人们扶老携幼，呼儿唤女，聚集在月光下空旷的场地里，聚集在一方白布、一盏油灯之前，看光和影构成的戏剧。那些影子，在今人看来也许是笨拙的。但是，灵巧的手操纵着它们，随着高亢苍凉的声音，搬演人世

间的悲欢离合。

中国有个词叫"捕风捉影"。皮影艺人，就是那捉影的人。他们用影子展示那些简单的故事，一千年来，中国人为之感动与沉迷。那是因为，看皮影，不仅要用眼睛，用耳朵，还要用心。眼睛所捉到的是"形"，心所捉到的是"意"。可以说，皮影这门古老的艺术，是最草根和最民间的，但同时它也体现着东方美学最深邃的精神。

如今的皮影，或许已经成为束之高阁的遗产。技术的进步，无限延伸着人类的感官。今人之所见，远比古人更为真切；今人之所见，远比古人更为炫目。所以，皮影这种艺术可能永远不会再回到从前的辉煌。但是，打开那些尘封的皮影箱子，把一件件牛皮制造的影人摆放在面前，遥想当年，它们那时还活着。艺人们的手，给了它们生命，无数观众的眼睛和心，给了它们生命，它们曾经

自造了如此美好、如此多姿的时光。我们的
梦想和情思，都寄托在那影子上面。

那曾经是中国人的影子，是我们的身躯、
我们的生命。当它们投放在那一方白布上时，
我们能感觉到，它们是有灵魂的。

或许在某个寂静的夜晚，随着音乐的锣
鼓点，它们还会在月光下起舞。

极

▼
▽
▽

　　您还能记得起自己第一次看戏的情境
吗？我猜大多数的人，恐怕是记不得了。我
们也许会记得第一次看电影，第一次听演唱
会，而那些能深刻记忆第一次看京剧、秦腔、
越剧，或者是豫剧的人，可能会比我更年长
些，比如我们的父辈或者祖母。若去问一问
第一次看戏的细节，他们未必耐烦细细说起，
娓娓道来。但是，当他们偶尔高兴时说起来，
我们便能知道，对旧日的中国人来说，看戏

实在是一件大事。而第一次看戏，更是大事，大到好比人生被点起了一盏灯，从此照见了山高水长，人间风致。

张爱玲也曾经是个戏迷。她说，京戏里的世界，既不是目前的中国，也不是古时中国在它的过程中的任何一个阶段。它的美，它的狭小整洁的道德系统，都是离现实很远的，然而它绝不是罗曼蒂克的逃避。而那"切身的现实，因为距离太近的缘故，必得与另一个叫明彻的现实联系起来，方才看得清楚"。

——在幽暗中，注视着那明亮的舞台，华丽的戏服、婉转的唱腔、英俊的扮相，悲欢离合的情节……这一切，离我们这么近，又那么远，近得和远得都像天上的月亮，冷冷地亮着，照着我们暗淡寻常的生活，让我们蓦然想到，原来这心里、这日子里，还有如此深长的心思，和意思。

戏曲，已经陪伴了中国人上千年。而京剧，若从徽班进京算起，至今也有二百多年了，它就是中国生活里的那一轮明月，打开和照亮了多少人的梦境。

但现在的人看京剧，难免觉得它格外吵，锣鼓太响，有一份俗世的红火热闹。当然，现在的人也并不是经不得吵，京剧的热闹，远远比不得摇滚乐和广场舞。只是在富丽堂皇的现代剧场中，京剧总显得有一份突兀的高亢和奔放。

但如果回到旧日，回到父辈或祖母的时代，我们或许就能够理解这份红火热闹。前现代的生活，是单调的、枯寂的，旧时的一个人，日子漫长而寂静。特别是那些孤身远行的人，天地间，一匹瘦马，一个旅人，缓缓而行，他一定能最大程度地觉察到，人世是如此空旷。走过繁华的春天、盛大的夏日，如果他走进了萧瑟的秋和冰封雪掩的冬，那时他心中的清冷和寂静，也必是到了极致。

所以，与热闹的戏剧相对，中国古代艺术中，另有极静的一端，一代又一代的画家，反复画那些行旅图，尤其是冬日雪景的行旅，千里独行，枯寂寒荒。

这正是中国精神的两极。极热闹的一极，和极寂静的一极；人间烟火的一极，和万径人踪灭的一极。在这两极之间，中国人的生活和艺术，盛大而委婉地展开着。

凭

证

▼
▽
▼

　　在中国古代，玉玺和御宝，是最高权力的凭证。玺，钤印在诏书上，流布四方，所到之处，人们膜拜畏服，庞大的帝国由此运转不息。

　　它们是玉雕的，是金铸的，是木刻的，但在本质上，它们绝不仅仅是物质，而是天命，是绝对的权力，是符号和象征。某种意义上说，它们是超自然的，人们只是感受到了它们被使用，但是很少有人能够真正见到它们。它们被珍藏在皇宫的最深处，如同帝国的秘密心脏。只有当天翻地覆、王朝鼎革之时，它们才有可能流落民间。

所以，玉玺注定是神秘的，两千多年来，围绕着它们，演绎了多少传奇。

相对于玉玺，钱币却是家常日用，它是那么俗，古往今来差不多每个人都见过它，摸过它，离不开它。皇帝丢了玉玺，皇帝的天就塌了；而于平常人，囊中无钱，日子也就过不下去了。皇帝的手握着玉玺，但可能从未触摸过钱币。玉玺维持着权力的运转，而钱则维持着生活的运行。

玉玺，是没有办法收藏的，因为它太少。除了故宫博物院和文博机构，还没听说哪一位成了玉玺收藏家；但钱币，却是收藏中的大项。那些古时的钱，拿到商店里已经不能花了，它们已经失去了流通价值。但是，这些钱币，连同它们从一只手到另一只手的漫

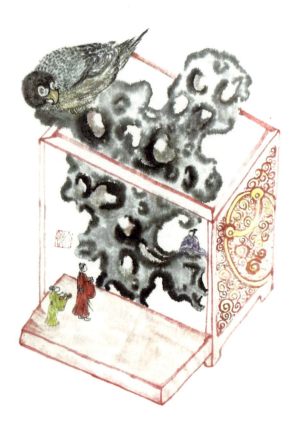

长的路，却成为世俗生活的历史见证。

在日常生活中，人们当然也会攒钱，但那完全是出于生活的必需和实际的考虑。而对于古代钱币，个人藏家的执着搜觅，却体现了深沉悠长的精神向度。他们收藏钱币，不是为了钱，而是为了求知，为了深刻地了解古人的生活。由此，收藏生涯也就成了学术生涯，这样的收藏家令人敬重。他们收藏物，但不为物所累。最终，他们把自己珍贵的藏品，捐赠给了博物馆，使它们成为公众的知识和财富。

在这样一个收藏热的时代，在这样一个收藏越来越呈现为货币价值的时代，收藏的本意变得愈加珍贵。

玉玺至尊，钱币至贵，但在古人看来，无论权力还是生活，都应取法于道，而道法自然。自然是终极之大德，这自然，我们只能点点滴滴地去亲近、去效法。

币里乾坤

一场大雨之后，沙滩上或者田地里，你或许能拾到一枚古代的钱币。这是千年以前的某个人遗落的吗？他是否曾为这遗失而懊恼呢？

推土机下，或许会露出数百年前的秘窖，其中钱币满地堆积。那些藏匿它们的人，当他离开人世的时候，是否也惦念着这笔将要被暂时遗忘的财富呢？

看着这些古代钱币，我常常情不自禁地

想象它们离奇而漫长的旅途——它们的来处与归宿。

这些钱币似乎是有生命的，换句话说，曾经有那么多的生命附着在这些钱币之上——他们抓住它，攥紧它，摊开手掌把它交出去，或者像前面说的那样，把它藏在最隐秘的地方。这些钱币似乎是有魔力的，它搅动着人的激情、欲望、梦想和智慧。有的时候，人们甚至会认为它无所不能，就像莎士比亚在《雅典人泰门》中所说的："这东西，就这么一点儿，能把黑的变成白的，丑的变成美的，没理的变成有理的，能让卑贱变得尊贵，白头变得青春，怯懦变得英勇……"

——伟大的马克思曾经在著名的《资本论》中引用了这句话，以证明钱的魔力，以及钱对人的统治。

但是现在，它就摆放在我们的眼前，我们已经不能携带它到超市里买一瓶水、一块面包、一件衣物，或者去支付出租车的费用。
它已经失去了昔日的功用，曾经围绕着它的
追逐、挥霍、算计和苦难，都已经成了过眼
烟云。

当然，它依然是有价值的。在收藏市场
上，一枚昔日的钱，能够换算为今日的钱——
甚至，是一笔数额惊人的钱——它已经不仅
仅是钱了。今天的人，为它所支付的溢价，
包含了这枚古币所经历的漫长时光。因为，
这枚钱币所见证的，是人类的生活，是可以
引发无穷想象力的支点。

在古物中，钱的形制和品类或许是变化
最少的。钱币，具有神奇的魔力，但又是如
此庸常。一个朝代的绘画或者瓷器，可以千
变万化，但也许这个朝代的钱币，只有几种。

所以钱币，是一种特殊的收藏品。当拥
有了一幅古画、一件瓷器或者一张古琴，我
们会感到自己占有了历史的一个特殊片段，

而古代钱币所穿起的，却是千百年来生活中最日常和最基本的层面。套用史学界流行的思维，我以为，其他古代器物的收藏，见证了小历史，而钱的收藏，却是见证了大历史——

在小历史里，我们想象的是一个又一个的人，而在大历史中，我们看到的是滚滚红尘。那些如浪潮一般的汹涌人流，是曾经像我们一样拥有日常生活的人们，他们曾经使用这些钱，为了这些钱而终日奔忙。

也许，钱币收藏能够使我们真正看清钱，看清它的力量和限度。

理想的石头

▼ ▽
▼

在拍卖场上，在古董店的深处，在荒山与河边，闪耀着中国人称之为玉的这种石头。而人们，正怀揣着巨大的欲望，在追逐，在算计，在掠取。玉，渐已成为疯狂的石头。

但是，那些追逐着玉的人们，不应该忘记，玉之本意。玉是一种珍贵稀有的物质。在中国古人看来，它是一种与远方与奇迹相联结的神奇之物，唐人有句曰"昆山玉碎凤凰叫"，说的就是美玉现于神山，恰石破天惊之际，总是伴随着凤凰的鸣叫。

凤凰乃神鸟，它现在就在中国国际航空公司的机翼上。反过来，是不是也可以这样理解，凤凰的鸣叫总是伴随着玉的出现，而凤凰也体现着玉的美好品质？

玉是珍稀的，但它和诸如黄金白银这样的贵稀物质，有着重大的区别。后者是被各个民族和各种文化普遍认定的财富象征，而玉之所以这样珍贵，首先是因为它是中国文化的结晶，而西方文化中并无这种对玉的热爱。

玉，绝对是中国的。在这种美妙的石头上，寄托着五千年来，中国文明中最珍贵、最持久的价值观。远古时代，玉为礼器，既用于祭祀，也用于国之君主贵族之间的聘问往还。在古人看来，玉代表着天地之间最根本和最重要的价值：信义、忠诚、仁爱、和谐和中正。所以，玉上可供于天，下可伸人间大义。

　　玉是庄严的，又是亲近的。古人佩玉于身，不仅仅是为了装饰，更不仅仅是为了美观，而是因为我们的先辈们相信，玉与人之间，有着微妙而确切的感应，所谓"君子比德于玉"，就是说，人应该像玉那样，具有坚贞、温厚的品质；所谓"美人如玉"，也是说，人应该像玉那样，有矜贵和持久的光辉；所谓"石之美者，有五德"，是以玉喻为人的五种品德：仁、义、智、勇和洁。总之，爱玉者，以玉自喻，一枚玉佩、一只玉环，在古人心中，都确证着他对世间善好价值的信念。

　　所以，在中国文化中，玉是理想的石头，它的珍贵，不仅因为它稀少，不仅因为它美丽，也不仅因为它来自远方，还因为它凝聚着中国人对自身人格最真挚、最执着的理想。

　　石头还是那块石头。究竟是疯狂的石头，

还是理想的石头？这可能与玉无关，而只与你我有关，与我们的心有关。但是我们相信，离开了它五千年来持久代表的那些美好价值，玉必会失去它的光辉。

　　爱玉者求玉。然，求得美玉，总应思量：斯人，如何才配得上斯玉？

符号

▼
▽
▼

鼻烟壶，是一个非常"中国"的事物。从某种程度上说，它成了清朝的一个符号——在很多电影或者电视剧中，我们可以看见，那些身着长袍马褂，拖着辫子的达官贵人们，用他们长长的指甲，从精美绝伦的鼻烟壶中，挑出鼻烟儿吸食，接着闭目发呆，然后如《红楼梦》中说的那样，"痛打几个喷嚏，通了关窍"。

但其实，鼻烟儿是正宗的"洋货"。自

从哥伦布发现美洲，西洋人便驾着船儿，满世界地转悠，他们把欧洲、美洲的许多新鲜玩意儿，带到了全世界，鼻烟儿便是其中的一项。

明万历年间，利玛窦来到中国，他带来了天主教、世界地图和鼻烟儿。事实证明，在这几样东西中，最受当时中国人欢迎的，是鼻烟儿。清朝的康熙、雍正、乾隆三代皇帝，被后人认为是圣明的君主，他们拒绝了自由贸易，拒绝走向世界，但却留下了鼻烟儿，并且将那容纳鼻烟儿的小壶，变成了一门复杂的艺术。

在清宫的档案里，我们时不时地就能看到皇上的谕旨，皇上给工匠们的命令，从材质、工艺到款式、花样，金口玉言，细细指点，不厌其烦，鼻烟壶似乎是皇帝们心爱的玩具。

皇帝们无疑是时尚的创造者和引导者。所以，吸食鼻烟儿和鉴赏佩带鼻烟壶，变成

了清代最为持久的时尚。从皇宫到坊间，在上者有贵的玩法，在下者有贱的玩法，总而言之是万紫千红，争奇斗艳，蔚为壮观。

鼻烟壶于方寸之间，钩心斗角，耗尽心力，可以说是工艺和制作的奇观。今日，当现代人重新检视这些鼻烟壶，很容易联想到清代的家具——繁复、拥挤和过度，这或许正是中国人常常批评的"奇技淫巧，近乎病"，这种艺术与眼光上的细而多，奇则奇矣，却体现着一种琐碎狭小的趣味和精神，这可能也预兆某种根本精神的衰落。

所以，中国必将走向现代，中国人必须放下手里的鼻烟壶，站起来，把目光朝向更广阔的世界，同时培育和生长更为强健阔大的人生态度和艺术精神。

而若干年以后的今天，这些鼻烟壶，在脱离了它们的生活语境之后，便成了可供玩赏和追怀的前朝旧梦。

梦回唐朝

▼
▽
▼

　　穿越千年，回到大唐长安。那是世上曾经有过的最雄伟的大城。它属于勇士，属于贵族，属于巧匠，属于高僧，属于碧眼虬髯的胡人，属于顾盼生辉的绝世美人……这大城，由那巍峨的宫殿、繁华的街市、直入云霄的塔，和气韵悠长的晨钟暮鼓所构成；这大城，由那彩云般的锦缎、倾泻的酒、如风般的骏马、秋水般的宝剑所构成；这大城，还由那激越的诗句，和永不停止的胡弦所构成……

梦回唐朝，这是我们民族历史上最为光辉的时光。那时的人们，必然是高大的，他们仗剑行走在世界上。他们愿意走漫长的路，因为他们对远方怀有热烈的渴望；当他们安坐于这座大城时，便敞开怀抱，接纳一切美好的东西、热烈的东西、昂贵的东西和新奇的东西。他们高大雄健，因此他们爱这个世界。

每一个熟谙历史的中国人，都曾经梦想着有一天回到唐朝，提三尺剑，行万里路，立绝世之功，笑傲江湖，仰天长吟，留下不朽的诗句。

那是一个华丽的时代，那是一个神奇的时代，勇气和才能必得报偿。万众，为远来的高僧和骄傲的诗人而欢呼；而皇帝，则将一床，或者一橱金器银器赏赐给他们——有才能的人们，有勇气的人们，以及有性情的

人们。

这就说到了大唐的金器和银器。在唐代，金银器皿的制作和使用，达到了中国历史上前所未有的巅峰。这意味着富足，更意味着一种豪迈的气概。这个时代的人们，在最贵重和最华丽的金属上，表达着他们独一无二的精神。那是金银一般的岁月，是金银一般的人们，也正该有如此的金器和银器。

注视着历经千百年留存下来的这些大唐金银器，我们依然能够清晰地感受到唐人气象。那是人世的繁华与美好，是壮阔跌宕的胸怀，是对自己对未来浩浩荡荡的信心。

这一切，属于大唐，也属于今天。

大 与 小

▽
▽ ▽
▽

　　盆景，是盆中之景。景是大的，而盆是小的，可观赏可玩味之处，便在于这大与小之间。

　　盆景极盛于清代，这并不是偶然的。一个古老的文明臻于极致，一切都精致到了极处，繁复和工巧到了极处，所以清代有盆景，有鼻烟壶，皆是于小处极尽功夫，力图在逼仄的尺寸之间，容纳天地万物。这固然是惊人的成就，但也透露了时代的消息。

终究，一盆容不下七大洲，一壶不能纳四大洋。现代人的居室中，已经很少能看得到盆景了。我们这个时代的人，已经没有了侍弄如此精致之物的闲暇与心境，而盆景原本也不适宜摆放在高楼大厦的室内。安放盆景的地方，最宜是江南园林，层层隔障，重重阴翳之地。案头置着盆景，窗外奇石修竹暗相呼应，此时的人，与其说是在案边榻上，不如说是在天地之间。

所以，江南的园林，是大盆景；而那盆景中的人，正是徜徉于园林之间的雅士。雅士已不复在，则园林与盆景的精神也就消散了。

一种艺术，必有它时代的、社会的、制度上的土壤和背景。盆景之兴盛，与一种世界观有关，与一种生活方式有关，与居室建筑的格调有关，也与某个阶级或阶层的存在或消亡有关。现在看来，盆景大概已经回不到从前，更回不到清代，但它还活着，突兀地置身于这个喧嚣的钢铁、塑料与玻璃的时代，成为一种珍稀的文化记忆。

有趣的是，就是我们这个时代，就是在我们的家里，却都有了另外一种"盆景"，那就是电视，或者电脑，它们也是以己之小，在方寸之间，见天地万物之大的存在。

如今，我们已经离不开自己的"盆景"了，因为我们已经成为这现代盆景中的人物了。

《意外之美》国画写意。纸本设色。38cm×38cm。俞悦作。

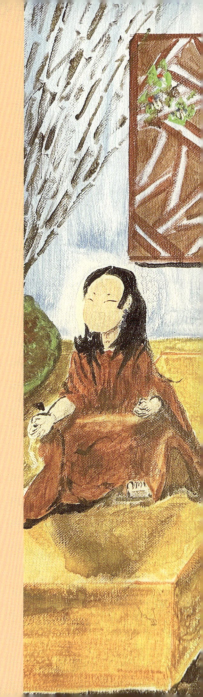

第二章　那些慢

夜晚是戏的里面
白天是戏的外面

▼
▽

　　夜晚是盛装的舞会，白天是卸妆的家常日子。

　　在都市中，很多地方是为夜晚而存在的，比如北京的后海三里屯，上海的外滩石库门。在夜晚，在光与影中，这些地方尽情展现它们的媚惑风情，那是梦想与欲望之地。而梦想与欲望最恰当的背景，就是夜晚。

　　但是，当太阳升起，白昼降临，如果你

偶然来到这些地方，你会为另外一种东西所震惊——所有的幻境与光芒，都在阳光下褪去了，你似乎来到了一处空荡荡的剧场，你突然意识到，晚上是戏的里面，而白天，则是戏的外面。

戏的外面，是真实的，家常的。

在白天，你坐在空荡的后海茶馆，或者巨鹿路的咖啡店，你看到曾在夜晚的灯光下流光溢彩的店堂，此时显出凑合与将就的本相。

就像一台布景，它的魅力需要光，需要影。老板娘慵懒地盯着湖水发呆，几个服务员正在议论她们当中谁的男朋友或者谁的新衣服；那些曾经被夜晚的灯光所遮蔽的生活细节，那些橱窗里摆卖的新奇饰物，原也寻常；一只狗在老屋檐顶子的黄草中晒着太阳打盹儿……既没有意外，也没有惊艳。

渐渐地，你不再疑惑。所有这些袒露出

来的细节，如同一种隐私，它们在夜晚被遮蔽，而在白天，羞涩地呈现。

做一个夜晚的访客是好的，做一个白天的游客也是好的。在夜晚，我们进入梦境，但是在白天，我们能够体贴地感受到另一种生活的真实质地。

所以，好的旅行者，爱夜晚，也爱白天。

那些慢

▼ ▽
▽

　　"悠闲"是个长而慢的词。悠悠的时光，悄无声息地流过。而人呢？兀自不动，在赏花，看云，品茶，下棋，钓鱼，或者发呆。在现代社会，悠闲已经变成了一种奢侈品。做一个上进的现代人，就绝不能停留，他必须工作，必须奋斗，必须忙忙碌碌。

　　在北京或上海这类大都会，你碰见任何一个成功或者渴望成功、有望成功的人士，问及近况，他们都会立刻放声感叹："忙啊，忙！"但你千万不要会错了意，他们绝不是在诉苦，那是他们的自我肯定。

忙什么呢？这并不重要，重要的是在忙着。忙着就是生命的意义，而通过忙碌，人会产生一种感觉，那就是我总算没有被风驰电掣的时代班车所错过。于是，对都市人来说，忙，还是悠闲？这是一道困难的选择题。说它困难，是因为对都市人来说，问题并不在于是否能够悠闲，而在于他们是否还有享受悠闲的能力。

有一天，我终于来到了以悠闲闻名的成都。坐在茶馆里，看着阳光在对面房屋的青瓦上一寸寸移动，同行的朋友们突然安静下来，仿佛在顷刻之间，他们被这份慢所震慑，被这份悠长所感动。

但是，手机的铃声响了。接听电话的人立刻回到焦虑和紧张的状态——他很忙，他的表情像在飞跑。接着，铃声此起彼伏，没有接到电话的人也开始躁动——看着别人忙，是令人心慌的。都市人最不能忍受的是，这世上正在发生着什么重大的事情，而这重要的事情，却与自己毫无关联，多么令人懊恼！于是，他们也掏出了手机……

我们最终还是度过了一个忙碌的下午。

但愿一切的忙碌都是必要的，有结果有意义的。但是，在百忙之中，我们是否曾经抽出一点点时间想一下：在如此快速、拥挤、决不停留的生命中，我们是否错过了什么别的事物？

在歌德那表达现代精神的伟大诗剧中，浮士德博士对生命最深情的礼赞，恰是对时间发出的。他说："多美啊。请停下来。"这是对每一个现代人发出的呼吁和提醒。

也许，那些美好的让生命变得丰沛安然的事物，就隐藏在那些"长"里面，隐藏在那些"慢"里面，隐藏在那些"悠闲"之中。

有

鱼

子非鱼，安知鱼之乐？

子非我，安知我不知鱼之乐？

濠梁之上，庄子与惠施的这一段对话，几千年来被人们津津乐道。

人们喜欢其中蕴含的智慧，也喜欢摇曳于水中从容游弋的鱼。

我们不是鱼，当然也无从得知鱼之哀乐，我们只是从鱼的游动中，体会到了某种人生意趣——悠游、闲适、流畅和自在。在我们看来，那些鱼是不忙的，那些鱼也是不急的，那些鱼只是从容地随心所欲。

这样的境界，鱼能够达到，而人却难以达到。所以，我们是羡慕鱼的，我们梦想着成为自己生活中的一条鱼。

化鱼之梦，中国人自古就有。直到今日，

我们从网络世界和流行文化里，也随处可见
那些闪耀的鱼。从古至今，人们希望自己的
前世今生，能化身为一尾鱼——当然，是在
没有渔夫和大鱼的世界里。

这样的梦想实在很美，如同春梦，醒了
也就了无痕迹，所以很少有人真的把这个梦
坐实和当真，只怕这不过是我们劳碌人生中
的一声叹息和一缕怅惘。

但是，就是这些叹息和怅惘，却被智
慧的中国古人演变成了精微的技术和艺术。
在中国传统文化中，鱼无处不在，鱼也幻
化出无尽的艺术样貌，成为人们对美好生
活的想象和表达。汉代的画像砖上面，有鱼；
唐代的玉雕上面，有鱼；清宫的屋脊上面，
有鱼；杨柳青的年画里面，有鱼；官窑的
瓷器上面，有鱼；嫁娘的妆奁上面，有鱼；
精美的宫灯上面，有鱼；话本小说里面，
有鱼；越剧昆曲里面，有鱼……最为精妙的，是一代又一代的中国人，耐心地培育出了千姿百态的金鱼。

金鱼之美是超现实的。它几乎只能生活在鱼缸和鱼池之中，它是人类的梦想对鱼做出干预和选择的结果。这些精灵般的物种，是一种精微而优雅的文化，是人类送给自己的礼物，也是人类为自己培育出的天堂之花。

中国金鱼，大抵已今不如昔，因为我们忙了，因为我们累了，因为我们再不肯把大量的时间和精力，花费在这美丽却无用之事上了。

奢侈品

▼
▽
▼

　　天上的星星，是奢侈品。

　　一个人，如果始终生长在城市，他的夜空，可能只有一弯残月、两三点星而已。须得飞过千山万水，去到那人迹罕至之处，那时他才会震惊地发现，原来自己的头顶上，竟有一个如此复杂的星空——如此奢侈、华丽、盛大和闪耀，如同钻石建成的宫殿。恐怕这时，他才信了古人的话，天原本并不是这样灰蒙蒙雾蒙蒙的，天上有琼楼玉宇。

康德曾经说过，对于一个哲学家来说，最终不可解释的问题是，天上的星空和人心中的道德律。这话的意思，小女子的理解是：我们所存在的这浩瀚璀璨的宇宙，是人的理性所永远不可穷尽的；而人的这颗心，它的深微和复杂，也永远不能说清道明。

星空，对现代人来说，是奢侈品。而对于中国古人来说，却是抬首可见的日常景象。古人爱仰观天象，俯瞰人世。不知为什么，他们喜欢把这两件最神秘的事情联系起来。他们固执地认为，星空之中，关联着人世的信息。

在古代，也许曾经有过无数次星空与人世的对话。千百年来，无数聪明的头脑相信，他们勘破了天机，他们相信星辰的变化和轨迹，预告或证实了他们周围的人间悲欢。

现在我们知道，这些古老的智慧，大多纯属虚妄，当人类确信，命运与未来仅仅掌握在自己手里，它与天空无关，也与星辰无关的时候，人类便迎来了现代与进步的黎明。现代人让城市的灯火湮没了星星的光芒，搭上奔驰的火车和汽车，把星空远远地甩在身后。

可以说，现代文明，就是从辞别星空开始的。星空不再是现代人敬畏和向往的对象，它与我们的心灵和生活也不再息息相关。这样很好，这是伟大的进步。但是，如果你在今时今日，远离尘嚣，去到青藏高原或者撒哈拉沙漠，蓦然抬首，这浩大的星空扑面而来，无数的星星在滑动与陨落，这时也许你会感到，这星空终究不是与你无关的。

星空就像被人类遗忘已久却依稀存在的家园。也许，对这神秘星空的敬畏、惊喜和感叹，就与那使人成为人的崇高的道德律，有着连康德都无法解说的关联。

飞

翔

▼
▽
▼

　　中国古代，酒用于祭祀，祭天地，祭神灵，祭祖先。天地养育着人们，所以人们用天地间最珍贵美好的事物，表达他们的感恩和诚敬。玉和酒都是天工与人力的精华，是晶莹的，是澄明的，让人的心向着高处和远处去。

　　就中国传统而言，酒与礼，酒与德，密不可分。酒在祭祀中，用以见证超越人类自身经验的世界秩序。所以，持爵把酒之人，必是端庄的，是进退有度的，是应对有礼的。

但酒是比水更难以把握的事物，它是如此微妙，如此变化多端。酒有自身的意志和力量，它不管不顾，带着我们飞翔，让我们虽然身在酒桌旁，精神和思想却已经被带向别处。

何以解忧？唯有杜康。酒之解忧，是因为它让我们暂时忽略了这沉重的肉身和尘世，使我们忘却和解脱。

就是在这种飞翔中，人类的精神绽放出如烟花般灿烂的想象力。

酒陪伴着诗人、音乐家、书法家、画家……它使一些美好和强健的心灵得到解放，使人的想象与玄思在眩晕中达到平稳大地上不可企及的高度。

所以，谈论酒，必然绕不开文化。每一个伟大文明中，都包含着某种酒神文明，人类最灿烂的文明果实中，都隐隐地散发出酒的香味。

当然，酒能把我们带到仙境，也能把我们推向地狱。它能够夺去人的精神，使人只剩下肉体，成为丑陋之物，这便是酒之恶。中国古人有鉴于此，高度讲求酒礼酒德。

我想，人类最神奇的发明之一，也许就是造酒。这种液体，带领人达到自己最好的一面，也诱惑人见证自己最坏的一面。人与酒，冤缠孽结，这是历时数千年的精彩故事。

这个故事，还远没有完结。

妆

奁

▼
▽
▼

　　此事，与浪漫和爱情无关。在小女子看来，无论是华丽还是寒酸，妆奁都是古代中国社会财富转移、交换和分配的方式。与妆奁相对应的，则是男方的住宅、田地和财富实力，这可能是一个复杂的计算和谈判过程。这之中，或许充满了讨价还价和强颜欢笑；其结果，可能是不欢而散或皆大欢喜。所以从某种意义上说，妆奁这个话题，可能并不很愉快。对古代的公公婆婆、岳父岳母来说，可能就更不愉快了。

　　但是，值得欣慰的是，正是这些不愉快，

孕育了很多的愉快。在旷日持久的拉锯对峙和愁肠百结之后，是那红火喜庆的一日。

这一日，多少算计和窘迫，都可以放在一边；这一日，属于年轻的新郎和新娘，也属于忙着迎来送往的骨肉至亲，以及大街上兴奋的看客。

十里红装，浩浩汤汤，人世间的富丽繁华，在这一天蓦然绽放。

一切都是新的，一切都是好的。一对新人，从此开始他们闪亮的日子——人生的新起点，原该有这些新和红的东西来配合。这种耀眼的新和红，让操劳的人们，让那些被生活压迫得喘不过气来的人们，觉得人世终究是好的，是充盈着祝福的，是蕴含着希望的。

所以说，妆奁是如此重要。对千百年来的女子来说，它可能是一生中最为尽兴的一次消费，也是一次最为放纵的挥霍。在这一

次之前，是辛勤的劳作和积累；在这一次之
后，是又一轮的劳作与积累。

　　如此，世世代代，生生不息。那时和此
时毕竟不同，古代的妆奁，都是要用一辈子
的，那里面寄托了亲人最深切的心意和祝福。

妆奁中的所有物品，恐怕也不仅仅是物，其中还包含了对时间之长久、对生命之绵延的期许。

如今的人，徜徉在博物馆里，长久地注视着旧时的妆奁，我们也许能够看到，在时光中，那些物品被珍重地制造出来，并将被珍重地传承下去。那些物品，无论是华丽还是寒酸，在小女子看来，都是珍贵的。它们是不同地域、不同阶层，工艺和价值观的精华。看着这样的妆奁，我们就知道，这样的婚姻，必定会天长地久。

因为，他们有足够的时间和耐心，学习相爱和相守。

中国镜子

▼
▽
▼

　　在阿根廷作家博尔赫斯的想象中，世界是由无数面镜子构成的迷宫。镜子与镜子的相互映照，使得这个坚实的世界，变得虚幻不实。

　　但是，中国古人对镜子的看法有所不同。古人云，以史为镜，说的是这面镜可以击破人们的错觉或幻觉，让我们看到真实的自己。看见自己，这也许是人类与其他动物的根本区别之一。现在，我们很难想象，当远古的人类注意到水中的倒影，并意识到那原来就是自己时的心情。在古希腊神话中，有一个美少年临水自照的故事，那位名叫纳西索斯的少年注意到了自身的美，并因此不可救药地爱上了自己，为了能够每天看见自己，他最终变成了水仙，终日与水为伴。

后来，人类发明了镜子，那成了我们置于案头或随身携带的一片水。人类必须看见自己，这个世界上没有别的生灵像我们人类一样如此关注自己的形象。

因此，镜子这件器物，关系到人类生活中一些最根本的价值。比如真，比如美，比如我们的自我形象和自我意识。

从某种意义上说，这块小小的镜子，可以被看作人类文明中一块微小却重要的基石。它立在那里，映照着，反射着，它是如此家常，但仔细想一想，它又是如此神奇，万物都可以被它收纳。而在镜中，一切又那

样神秘，即使是最真实的镜，也都带上了一种虚幻的空灵的光。

所以你就不难理解，为什么在民间传说和世俗民风中，镜子总是带有魔力。它可能会欺骗人，可能会令人痛苦，当然它也会给人带来欢愉和安慰。

还有一个传说，也是博尔赫斯式的——一面镜子，它所映照的一切，都不会消失，那些影像，只是暗暗地沉淀在镜面上，在某个月夜，在某个时刻，所有的人或物，所有的面容，所有的景象，都有可能重现……

现在，就让我们凝视这些镜子，中国的镜子，古老的镜子。

盛德在木

▼
▽
▼

春风吹拂，万物生机萌动。

按照古老的风俗，"立春之日，盛德在木"，今天我们谈论的主题，便是中国的古典家具。

家具，多为日用之器，它是实用的，有清晰的功能，需要精确的工艺。但作为器，家具当中，有道存焉。

不同时代的家具，风格相异，这反映了人类物质生活的变化，但同时也反映出一个时代的人们，对自身生活的界定和想象。家具不仅是人身体的延伸，更是人精神的延伸，人类从自身精神中，抽象出线条和形状，把它赋予与自己最为亲近的家具。

家具的前提是家，是人们的安居之地，对家的不同理解，对安居生活的不同感受，往往会明确地影响家具的风貌。比如中国的古典家具，合于功用需要，但不放纵，不逐奇，是亲切的，但又是端严庄重的，这在很大程度上，是由于古代中国的宗法制结构。一个人，即使是在自己家，也是有"礼"的。所以，在中国的古代，不可能创造出沙发，因为沙发并不适于端坐。

这种有礼的、端严和谐的精神，是中国家具艺术传统的精髓。当然，这一传统也总是在变化，明式家具如春天，"其器疏以达"（《礼记》），有清明朗畅的气象；清式家具，庄严繁复，则如同仲夏，是盛世之气象，也含盛极而衰的气象。

所以，家具之为器，有大道存焉，可见生活，可见工艺，也可见世道人心。

现在，明也好，清也好，经历了岁月的洗劫，流传下来的器具，都已经不仅仅是物，而是记忆，是旧梦。古人已经音讯杳然，但他们曾经端坐宁息的家具，却如同时光深处遗留下来的一枝玫瑰，如此真实又如此神奇。

——这是中国之韵味，古老中国的生活里，精神芬芳的神韵，就暗自蕴藏在这些器物之间。

"中国之韵，丰韵中华"——古老中国的神韵，在 21 世纪的中华大地上，依然存续。它为现代的中华神韵，提供着生生不息的灵感与动能。

神 话

▼
▽
▼

　　几千年来，人类一直在寻找那些散发着异香的物质，一如既往，乐此不疲。

　　人有鼻子，鼻子有嗅觉。鼻子会引领人类走很远很远的路，经历浩瀚的大漠和海洋。从某种意义上说，人对远方的向往和想象，最初很大程度上是由鼻子而起的。

　　一个汉朝的仕女，她的闺房中，可能正焚着来自波斯的香；一位唐代的雅士，他的书房里也许正燃着来自索马里海岸的龙涎香；古老长安的深深庭院、重重帷幕之内，沉水之香正携带着南海的气息，悄然绽放。

也就是说，即使是在古代，香也是一件全球化的事物。在不知不觉中，世界各地的人们，通过鼻子，交换和分享着这世上种种可能的香。

因此，在古人的感觉中，香注定是神奇和珍贵的。它常常来自遥远的地方，在复杂的交易和流通过程中，香的价值不断增长，并被添加了种种臆测和想象。

所以，香不仅仅是一种物质，它在某种特定的生活世界中被点燃，那些浓郁或淡雅的香，与人类的精神暗自呼应。香之气味，也许就是精神的气味。

——也许还不仅仅如此，香的形象就是人们心思和精神的形象。无论是古今，无论是穷富，当人们把一炷香虔诚地点燃在神佛前时，那袅袅的烟，飘飘摇摇，渐渐化入虚空，就如同人内心深切的低语，正在被天上的神灵所感知。

这就是香，是文明的精致和复杂之结晶，它是物质，是工艺，是贸易，同时也是感官，是在文明中提炼的日益精细、敏感的感官。它属于生活，它构成了一部分人类日常生活的场景，但同时它又构成一种精神象征。

香如游丝般缥缈，如飞鸟般高远。

当香和水相溶时，它又有了神秘而暧昧的魔力，它常常意味着身体的诱惑，意味着某种引人遐思的感性和性感。所以，有人说，香如鸦片和毒药。

这就是香，我们文明中一个长久流传、至今不衰的神话。

风底韵致

▼
▼
▼

《昭明文选》卷二十七的《诗戊·乐府上·怨歌行》，是一首关于团扇的诗：

新裂齐纨素，鲜洁如霜雪。

裁为合欢扇，团团似明月。

出入君怀袖，动摇微风发。

常恐秋节至，凉风夺炎热。

弃捐箧笥中，恩情中道绝。

这首诗也被称作《团扇诗》，它的作者，是汉代班婕妤。此诗写的是宫怨，背后是《甄嬛传》般的故事，失意的妃嫔，以扇自比，秋凉时节，曾经出入君怀袖的团扇，成了无用之物。由此，后世便有了一个成语，叫"秋扇见弃"，说的便是时过情迁，此恨绵绵。

现在是九月了，闷热酷暑的夏天终于转身，一年过去了大半。秋天虽然来了，但并不妨碍我们来谈谈扇子。

扇子之所以被遗弃或遗忘，其实也未必仅仅由于秋凉，自空调普及之后，扇子就已经渐渐退出了人们的日常生活。所以，即便是在炎热的夏天，我们也很少见到挥扇之人，很多人的家里，也难得寻见一柄扇子。

扇子曾经是多么亲切而家常的事物，两千多年间，从朝堂之上，到寻常百姓之家，每个人都可能拥有一把扇子。扇子可以至贵至雅，也可以至贱至俗，它几乎是中国文明的一个基本符号。扇子扇出的风，就是中国风。

其实在中国文化中，扇子早已溢出了它的实用功能，它不仅与"风"有关，还和"韵"有关。古人手持一柄扇，未必一定是为了扇风纳凉，它同时是一个人的气度、风情、情趣和品位的表征。

据说，扇子的起源，最初并不是为了"风"，而是为了遮掩，所谓"女娲结草为扇，以障其面"。一柄扇子，握在美女的手里，就是欲说还休，花容半掩；握在书生手里，就是指点江山，倜傥脱俗。

扇子不仅仅是个工具，它还是个道具。古人在使用扇子的时候，这扇子一定是遮掩着什么，同时又似乎在呈现着什么，个中千回百转的微妙，便只有一个"韵"字了得，而那扇底的心机暗运，有时又不仅仅只一个"风"字了得，那简直就是风云。

所以中国传统戏剧，专有一门基本功，名唤扇子功，讲究的是挥、转、托、夹、合、遮、扑、抖、抛。昆曲《牡丹亭·游园》的杜丽娘、京剧《贵妃醉酒》的杨玉环、蒲剧《火焰驹·卖水》的梅英、山东柳子戏《玩会跳船》的公子，以及川剧的许多剧目中，都有运用扇子的技巧……千姿百态且千变万化。那不仅是戏，更是如戏人生，是艺术在模仿生活。

现在，人们的手里一般没有扇子，只有手机，拿着手机挥转托夹，那不是风情，而是疯子。从这个意义上说，旧日生活确已远去，不管天凉不凉，反正扇子是终将见弃，但重温有关扇子的"风"与"韵"，依然让人觉得，那是一种生动深长的美好生活。

唐代杜牧有《秋夕》一诗："银烛秋光冷画屏，轻罗小扇扑流萤。天阶夜色凉如水，卧看牵牛织女星。"那写的正是秋天的扇子，原来那轻罗小扇，还可以用来"扑流萤"，这是扇子的又一种功能。

　　轻罗小扇，追逐着飞过的流萤，渐渐地，我们的目光望向了遥远的昔日星空，这首诗正可以送给那些在秋天里读扇子故事的朋友们。

乱弹

▽
▽
▽

　　一次雅集，我们又一次谈到了苏扇。那还是在夏天，于文中遥思那苏扇之精，直觉扇底清风，徐徐而来。忽然想起，已经很久没有用过扇子了。周围看看，也再无人手执折扇。下班的路上，一路找过去，也只有街边二三北京大爷，穿跨栏背心，手持大蒲扇，口若悬河，谈天说地。

　　扇，似已不是家常日用之物。你们家还能寻出一柄扇吗？大概是没有了。因为有了

空调。

空调，是机器。机器的风是快的，机器的凉，是猛的。我们这个时代的人，耐不得扇的慢，扇的和缓。更不用说，美人手持香扇，眼映笑靥，那种眉梢眼角的风情，在现在人眼里，也过于含蓄迂回。很多事物之消失，都是因为慢，它们跟不上不断提速的生活。比如扇，又比如墨。

古砚微凹，一块墨在上面细细地磨，磨去的，是光阴，磨出的，是心境。那样的慢，又怎及得电脑键盘上的运指如飞？运指如飞，也不过是使光阴飞得更快。而心，倒是乱了。

古典生活的精髓，或许就在于慢与静。慢和静之大成，是太极。太极，是急不得的。它是圆的，它是缓的，它是柔的。古人看水，知道水比石更有力量；老子听声，知道大静比无边的喧嚣更加意味深长。所以中国产生了太极，产生了太极之拳，那就是以至柔，克至刚。

重阳将至，最宜登高。为何重阳日要登高？因为秋日天高。人在高处，感受那天高地阔，心就会慢和静。

有此心境，焉能不爱扇，爱墨，爱太极。

神奇的叶子

▼
▽
▼

　　茶叶是闲的，茶叶是散的，茶叶是淡的。茶中有诗，茶中有禅，茶中有形而上。

　　在文人雅士的眼中，茶叶是超凡脱俗的。可茶事本来也是俗事，开门七件事，柴米油盐酱醋茶，说的便是，有了这七样，寻常的日子就可以过起来了。

　　可见，茶首先是大俗，然后才是大雅。只需稍作分析，就会发现，茶在这七件事情中，似乎又是最不重要的。缺少了前六件，人就会没的吃、吃不饱或者吃不香，关乎生存的必要条件，相比之下，喝茶就显得没那么必要了。

实际上，中国人饮茶习惯之普世，也只有一千多年的历史。在此之前，据说孔夫子和曹操，其实都是不喝茶的。所以，一个有趣的问题是，茶给中国人究竟带来了什么？

它可能给我们带来了更多精神抖擞的时间。而喝茶可能是古代中国人除了相思之外另一个失眠的原因。也就是说，这些小小的叶片，成了我们文明的兴奋剂，有了它，中国人白天更清醒，太阳落了，眼睛还是亮的。

与困倦的斗争，是人类文明中一个潜在的永恒话题。西方资本主义的发展，很可能与那枚咖啡豆有着隐秘的联系；同样地，有了茶叶，中国人很快就迎来了感觉更为敏锐、神智更为清明的盛唐。

在这个意义上，茶叶对于一种文明来说，

可能比柴、米、油、盐、酱、醋更为重要，这些让我们活着，而茶让我们活得更好——当然，相应地我们也要承受文明发展的负面后果，比如失眠。

　　不管怎样，这枚小小的叶片，已经成为我们文明中一个基础而关键的因素。我们常常忽略它，但如果当初没有它，我们的文明很有可能就是另外一个样子了。

暗香潜度

▼
▽
▼

　　磨墨。坚硬的墨，在微凹的砚内那一泓清水之中，渐渐化开，待墨香升起，墨色也就黑得正好；选一支笔。狼毫硬，羊毫软，选定了一支，于砚中微润，渐润，直至饱蘸；展开一方宣纸或者一张素笺，提笔落纸，便是龙蛇飞舞，烟霞漫天。

　　这是最典型的中国人的情境。一个人，和他的笔墨纸砚，这样的情景，永远镌刻在中国人的记忆里，成为中国人的文化基因。

时至今日，我们的日常书写，告别笔墨纸砚久矣。现代人所用之笔，已经是工业的笔——钢笔、原子笔。现在，我们比钢，比原子更加先进，也更加机械——电脑的键盘、鼠标和屏幕，就是我们的笔墨纸砚。

如果说电脑是工业产品，那么笔墨纸砚则是取自自然。狼之毫，松之烟，竹之絮，山之石……天地之间，原野之上，这些微末之物，被古人采撷化用，制为器物，安放于案头眼前。

笔底风雷，纸上烟云，说的是字，是画，是文章。但那风雷，那烟云，或许不仅存于书写者的心中，也是笔墨纸砚中原就有的。当中国古代的文人们使用文房四宝时，他们和我们这些现代人，有一个重大的区别，那就是他们离自然更近，离山野离土地离天空更近。在这个意义上，笔墨纸砚不仅是书写绘画的工具，它们还凝聚着中国古人的根本精神，即道法自然。从某种意义上说，文房器物不过是小事，但这小事之中，却可见一种文化的胸襟怀抱。

遥想当年，一个书生，他与他的笔墨纸砚相守相亲，便是粗纸劣墨、秃笔残砚，也是使用惯了的，用来写字作画，个中自有他的精神存在。到此境界，这四样，就不仅仅是物，而是这个人的一部分，是他的心，和他的手。

笔墨纸砚，古人称为文房四宝。这个"宝"，未必是指物品本身多么稀有珍贵，而是古人于此，灌注着珍重爱护的心情。古人珍重自己，所以也珍重他的笔墨纸砚，这样写出来的字，画出来的人物山水，也必是清简矜贵的。

中国的传统文明，它的字，它的画，它的诗文，终究离不开笔墨纸砚，以及那些和笔墨纸砚相守相亲的人们。

俱往矣，文房四宝作为有用之物，如今大概只存于书画家们的案头，但另有一些，是从时光的深处遗留下来：一张梅花玉版笺，一支雕漆十六子笔，一枚掐丝珐琅暖盒松花石雕凤纹砚，一块文彩双鸳鸯墨……

这些如今已经是不可用之物，在千百年以前，出于工匠之手，它们一直期待着，有一个玉树临风的书生，或者一位风姿绰约的佳人，来使用它们，写出超脱挺拔的字，作出清丽韵远的画，这是物的梦。

如今，这些物，被安静地摆放在我们面前。我们收藏它们，但我们也许永远不知道，自己是否可以由这件物进入它的梦境，进入千百年前，深深庭院中的某个厅堂，那时青砖地上，竹影横斜，室内有暗香潜度……

致那些抚摸书页的手

▽
▽
▽

对搬家公司来说，最悲催的事情之一，恐怕就是遇见了一个书多的人家。看到一箱又一箱的书，想必工人大哥要眼冒绿光，提出加价。

一本一本的书，拿在书生的手里是轻的，装在箱子里却是重的，而且好像分外重。这重量，在搬家大哥肩上，或许是一种物质的重；而在读书人心里，还另有一重精神的重。

曾经是坐拥书城，吟风弄月，在书中领

会着现世安稳、天长地久，但逢到世事多变、风雨飘摇，方悟要守住这一屋一楼的书，是多么困难。无数的书，就那样散去了，如出笼的飞鸟，从此再无消息，这时人们才知道，书也原是这世上最轻的东西。一把火可以烧掉它，一阵风可以吹走它，一场洪水可以淹没它，一个梅雨季可以霉变它，岁月和天地也藏不住它——古墓葬中，很少会有书籍出土。似乎，书只能在呵护着它、珍惜着它的人的手中，才能存续和流传。

古书何珍，古书又何贵？在小女子看来，它不像一个物品，却更像一个娇弱的、有呼吸的生命。那些能流传下来的古书，都在人世间经历了百转千回的磨难，都有着最为奇特的渊源——在几百年里，这本书竟能从一双爱它的手，辗转到另一双爱它的手中，不曾遗失，从未错过。

这简直是一个小小的奇迹。每一本古书，都是一个奇迹。所以，当人们谈论古书的珍贵，谈论古籍之美时，人们所谈的，也不是物品和物质，人们必定会通过这本书，看到那一双双爱书的手，看到满怀珍惜地抚摸着书页的手。从某种意义上说，在这些手上，灌注着一些人类最为美好的品质，优雅而又坚韧，把人类精神的点点微光，变成像拢在手心的火种一样，传递下去。任何一个伟大文明的历史，其实就是由这样险些中断而最终不曾中断的手的传递，构成的。

即使我们进入了大规模商业印刷的时代，即使我们进入了电子存储和电子传播的时代，即使我们可以把千卷万卷的书浓缩在一个芯片上，人类依然对这些文明之手，深怀敬意。

亲爱的读者，感谢您捧书的双手。有了这双抚摸书页的手，我们的日子，将会更为悠长醇厚。

春的天

▽
▽
▽

　　春日迟迟，卉木萋萋。仓庚喈喈，采蘩祁祁。

　　"迟迟"二字，最妙。

　　它虽表达的是慢，但绝不是说时光慢，而是心有所待。总觉得如此好的时光，不能任其白白漫去，总归是要做点什么才好。

　　但是且慢，我们做些什么好呢？

　　奔波劳碌、应接不暇，现代人的日子，本就是很挤的。日子挤了，再好的时节，也觉不出它的好来，因为忙罢回首，春花已经谢了。所以，春日迟迟，便是要人空下来，做一些闲事。

比如，读书。人间四月天，也是读书天。4 月 23 日，是"世界读书日"，我们不妨回忆一下，去年的这一天，自己在做些什么？想必很多人会在那日读书，如果这个世界上所有的人真的都在那一天手捧书本，于大好春光中体验阅读的快乐，那么世界会变得多么安宁，处处闻啼鸟，万物暗自生长。

比如，莳兰。春天也是栽培兰花的时节，据李时珍先生说，女性培植的兰花是香的，而男性培植的兰花却不香。好吧，我们权且将这当作这位本草大家的戏言。但一家之中，何妨男人莳兰，女人也莳兰，且看看它香，还是不香。在中国的传统中，兰花正喻男人中的君子，女人中的佳人，兰花寄托着中国人对人之为人的最美好的品质的想象和期许。

比如，踏青。"踏青"这个词，多么美妙，它不仅是有颜色的，而且还是有气味的——满怀的绿色，还有田野和青草湿漉漉的气味。而一个"踏"字，更是隐含着歌唱和舞蹈的节奏，"杨柳青青江水平，闻郎江上踏歌声"。人间四月，碧柳依依，联袂歌舞，融身于春光之中。千百年来，在春日的田

野上，人们载歌载舞，何其欢欣。这份欢欣中，饱含着人类的亲情——与大地相亲，与自然万物相亲。

再比如，放风筝或荡秋千。在古时，这是春日里最常见的体育运动。这两种很不相同的运动，其实有一个共同的主题，那就是天空。放风筝的人仰望着天空；而秋千荡到高处，会感到天空扑面而来。也许，在古人看来，在这万物复苏的美好时节，生活在大地上的人们，特别需要抬眼望向天空，望向未名的远方。

看到春的天，才会真切地感觉到，自己在天地之间的幸福存在。

有梦就在春天做

▼
▽
▼

江南烟雨，北地桃花，转眼已是春满大地。

春天是做梦天，不觉晓的春眠里，蝴蝶振翅在人的梦境中，而人亦逡巡徜徉于蝴蝶的梦中。中国古代，在庄子的迷思中，就有春的迷离和恍惚。所谓"庄生晓梦迷蝴蝶"，这样的梦，正该在春天里做。

春光乍泄的早春时节，人们走出房间，怀抱自然。安知眼前这只颤动着的蝴蝶，不是从汉代某位公主的衣袂上穿越而来？又安知在繁花似锦的唐代，滕王画派李元婴笔下的那只蝴蝶，不是此刻正在窗外花丛中停栖的那一只？

蝴蝶是梦的精灵，它像梦一样轻，像梦一样美，像梦一样飞翔，像梦一样易逝，像梦一样拥有着斑斓气韵。在春日里，一个中国人常常会想到梦，一想到梦，蝴蝶就翩然而至，了无痕的春梦便有了春天的消息。

中国古人认为，春天盛德在木，天气下降，地气升腾，天地合同，草木繁动。所以春天是人与天地、与草木相亲的季节。冬天的人，是藏着的；而在春天，人们可以肆意把自己跌宕在春风里，到大自然的怀抱里去感受生命。

春天，是人们愿意走出去的时节。在古代，人们会去郊外踏青，曲水流觞，或者灯前细雨，檐花簌簌，兰亭丝竹，高会群贤……

　　而现在，人们借助现代交通工具，可以走得更远。在万物复苏中，人们走出家门，走向山川大地。

　　春天还是养的季节，人是自然的灵长，当草木欢欣的时候，人其实也在天地的滋养中，舒展和绽放。中国古人认为，春天是有味道的，他们呼吸着春天的味道，也品尝着春天的味道，他们离春天，其实比我们更近。

　　977 年前，范仲淹先生随手写下四个字：春和景明。私以为，这四个字说的是世界的景象，也说的是人的心境。

　　所以，在这明媚春光里，在这做梦的季节里，我衷心希望朋友们春和景明，梦想事成。

烟花四月

▽
▽
▽

按照我们的农历来计算，四月份其实是"烟花三月"。那些鸟儿，在漫长的冬日里，不知道藏身何处。而如今，它们来了。

是它们的鸣叫，唤得花开；还是花之消息，引得鸟儿鸣叫于枝头？花鸟，在中国画里是一个重要的支派，它兴于唐宋，而尤盛于明清。在高贵的殿堂上，那些富丽的花和绚烂的鸟，伴随着人世间玉堂金马的繁华；而在萧瑟的山水之间，在隐士与文人的陋室中，墨色的花与鸟，喻示着自由的岁月，与淡泊的心灵。

所以，从某种意义上说，花与鸟寄托着中国人深邃而基本的人生理想。有时，人们想象着世界的堂皇，如同盛开的花，亦如同绚烂的鸟；有时，人们又认为，人生应如浩大自然中的芝兰松菊，如同飞向苍茫江边的雁。

两种境界，都是好的。前者是热爱这世俗，期盼着这人间的繁华与喜乐；而后者，是珍重自己的心灵。我喜欢后者，它也许是轻的，但我常常非常乐意去想象，在那样的情境之中，那些花与鸟，都在雾色中飞翔。

花鸟本是自然之物，但当中国古人长久以来专注地注视它们的时候，那些自然之花儿，那些自然之鸟儿，都已经悄然注入中国人的心中，带着人们的惊喜，与情义。千百年来，花鸟一直伴随着中国人，在古人的墙

壁上摇曳和鸣叫。它们的姿态与声音，它们
的色彩和情状，其实也是中国古人的姿态和
声音。

现在，于这烟花之三月，我忍不住要眺
望窗外的那些花儿和那些鸟儿，忍不住要想
象，它们是否还记得自己的前世与旧梦？是
否还记得那些曾经凝视过它们的人，那些曾
和它们心意相通的人？

十月

　　又一年的十月来到，这是盛大的金秋，这是收获的日子，这是阴晴不定乱穿衣的日子，也是嘈杂、忙碌和兴奋的日子。我们之所以盼望着十月，还因为十月是让我们飞翔的日子。

　　十月里，千千万万的中国人从工作和劳作中解脱出来，飞向四面八方。七天的假期，仿佛永不停息的生活之流的一次停顿，一个间歇。

在这七天里，在家待着是好的，但是更好的方式是飞出去。飞到那些陌生的地方，置身于陌生的人群之中，赏山阅水，看另一种生活，品另一番风物。这个时候，我们会发觉自己变轻了，沉积在我们身上的日常生活的烦恼与压力，忧愁与困顿，暂时被剥落下来。我们终于了解，原来人可以这样无牵无挂地行走在日月山川里，行走在阳光下和飘零的秋雨之中。

当然，我们还得回来。在机场，当飞机的轮子接触到地面，那轻轻的一瞬震动提醒我们——我们又回来了。这时，不知为何，我们周身澎湃着一种亢奋感，仿佛孤独流浮在大海上的船只，急于回到熟悉而温暖的港湾。那一刻，我们空荡荡的心，又重新被装满，一种满载而归的充实感盈于胸臆。我们回来了，回到日复一日的工作和劳作之中，因为有了这次飞翔，先前沉重的事物，似乎也减轻了重量。

飞翔的日子是好的。因为飞翔，回到沉稳的大地，也是好的。

十月，是收获的季节。春种秋收，在漫长勤苦的劳作之后，人们终于得到了天地应许给他们的丰盛果实。天空辽远，变得高远湛蓝；大地清简，变得空旷宽阔。在这样的日子里，人的心也不再那么窄，那么细，那么仓促窘迫。

人的心，慢了下来，多少有了一点悠游自在的闲适。所以，人的目光也变得远了，长了。

这样的日子，最宜登高。九九重阳，是老人的节日，也是旷达开朗的人们的节日。所谓"何当载酒来，共醉重阳节"，站在高处，放眼望去，见天高地阔，人们体会到巨大的空间感，体会到很多事皆是浮云。在日复一日时间逼迫下的焦虑和窘迫，这一刻，也变得清了，淡了。

这样的日子，最宜啖蟹。外国人不能理解中国人的吃螃蟹，但就这食蟹一事，颇见中国文化和中国传统生活的精髓。食蟹并非为求一饱，吃的是滋味。这滋味是蟹之味，也是生活的滋味。秋风起，螃蟹肥，菊花盛开，世世代代的中国人，由此体会着自然的荣枯，和人世的安稳悠长。

这样的日子，最宜观戏。农事忙罢，农人歇息，空旷的场院里，搭起戏台，星垂野阔，火烛摇曳，锣鼓管弦声中，正好搬演古时的故事，和远方的故事。人们呼朋引类，济济一堂，看才子佳人，看儿女情长，看英雄慷慨……看得哭了，看得笑了，只觉得活在世上，除了劳作与温饱，还另有深长。

这是古代中国的十月，也是此时中国的十月，一样是金色的、红火的、喧闹的、宽广的月份，一样是情深意切的人间。

留在故乡的家

▼
▼▽
▼

人类的一项根本冲动，就是追求速度。我们要求越来越快，在奔跑中不断开辟新的生存空间，在奔跑中不断抵达更高和更远的地方。但人的双腿，毕竟有其生理的极限，在自然界生物的赛跑中，人类其实远远地落在了后面。好在，人类除了两条腿，还有一个远远跑在前面的头脑。

于是人发明了车轮。史学家指出，车轮的发明，是人类历史上的关键性事件，从最

为粗糙的车轮开始，人类逐渐获得了超越万
物的速度，把一切动物甩在后面。同时，地
球上的一部分人，也把另一部分人甩在了后
面。风驰电掣，绝尘而去，前面是新的天地
与新的生活。

　　车的历史，就是不断提速的历史，是
人类以越来越小的时间成本，跨越更为广
博的空间的历史。百年前，人们从一个村
庄走向另一个村庄，可能需要一天的时间；
但现在，半天的时间，已经足以使人从这
个辽阔国家的一端，抵达另一端。这，绝
不仅仅是速度，这还意味着人的活力与自
由。人可以在有限的时间和广大的空间中，
追逐他的梦想和幸福。

　　但是现在，当我们回顾历史，也许会忽
然发现，尽管就速度而言，我们已经远远超
过了我们的祖先，但是在某些根本点上，我
们和他们，仍然心意相通——不管走得多么

快，不管走得多么远，不管外面的世界多么
辽阔与繁华，尽管身在远方，但我们终究不
会忘记我们留在故乡的家。

过年了，我们要回家了，回到苍老的
父母身边，回到千百回温暖游子之心的老
屋……在有限的假期里，让时间慢下来，好
像我们从未出发，也不会再度远行，在温暖
的家中，感受岁月的宁静和深厚。但是这一
切，还是要依靠车，依靠越来越快的车。

谨以此，献给那些奔波在路上的人们，
献给那些跨越千山与万水，回到温暖的家，
回到亲人身边，过欢乐的年的朋友们。

《花间词》国画写意。纸本设色。38cm×38cm。俞悦作。

第三章　我看青山

香草美人

▼
▽
▼

　　每一幅仕女图之外，都有一双眼睛。这双眼睛，注视着簪花的、照镜的、游春的女人，如同注视着月光下的江水。白雪覆盖的山，一只瘦驴踏着黄叶飘零的小径，走向一处茅亭。

　　不言而喻，这双眼睛是男人的。男人们看天地风月，也看红颜绝艳。那些仕女们，画里的仕女，是一道被看的风景。

　　所以，中国仕女画的历史，其实是一部

男人如何看，而女人如何被看的历史。有趣的是，与仕女画相比，中国的男性人物画，其实并不发达。原因可能就是在传统生活中，女人大概是不能那样看男人的，而男人也很难如此细致地端详自己。

看，不仅仅是一种视觉关系。在看与被看之间，有一个想象的区域。也就是说，那被远远地注视着的人儿，同时也被热切地想象着。所以，观察历朝历代的仕女画，我们看到的不仅仅是那个时代的女子，更大的可能性是，那个时代的男子们所想象的女子。在这种想象中，包含着一个社会和一种文化，对生命中那些珍贵而稀缺的价值的揣摩和领会。

中国古人常以香草美人自比，从《诗经》《楚辞》起，中国的文人们就在自身命运和女人命运之间，建立起了一种在现代人看来矫饰和怪诞的比喻关系。所以，备受写实意识熏陶的观画者，可能很难理解，在当日那些提笔作画的先生看来，他所画的美人，其实就是他自己。

古典意义上的仕女画，如今已成余绪，这倒不是因为如今的画家在技法上不如古人，而是仕女画中所包含的一系列的文化假定，如今已经发生变化。现代女性不能也不肯再成为背景景观上的对象，而男人也失去了那样一种寄托着和遥望着的尺度感。

这，或许并不值得叹惋。当我们直面人，

尤其是女人的真实面貌，她的哀愁，她丰富的情感，她的皱纹与疤痕的时候，历史才真正进入了现代。但这并不妨碍我们在某个冬日，展卷静观，千百年前的一位仕女——她的眼睛永远不会与你对视。她就站在那里，如一株兰草，在某个瞬间，你依然能够隔着如许的时光，感受到她的静。

与美。

兀

自

▼
▽
▲

多年前的某个夜晚，我受邀到北京电影制片厂参加一部电影的映前观摩。看电影的过程中，我发现自己的周围竟然坐着电影里面的人物，一时间我有些恍惚，不知道自己究竟是身处在现实生活中，还是在电影里。那部电影叫《剃头匠》。

又过了很长一段时间，在某个聚会上，我有幸又见到了蒙古族导演哈斯朝鲁和编剧冉平，也是第一次听到"长调"这个词汇，知道哈斯朝鲁和冉平正在筹拍故事片《长调》。席间兴之所至，哈斯朝鲁唱起了《小黄马》。不知道为什么，此后的很长时间，我的耳边总会荡漾起那悠远的旋律。

蒙古长调的本质，在于无边无际的空旷。"天似穹庐，笼盖四野"，在苍苍茫茫的草原上，风吹草低，地上的羊群如天空中的白云，万籁俱寂，似乎时间停止了流动。这时，缓缓地一个人的歌声响起来，悠扬的，或者忧伤的，从一个人的身体内部，从他的腹腔和胸腔升腾起的气息，随着歌声颤动着，穿破那寂静，比风慢，但是有着比风更坚实的质感，像明亮的水和光，漫向无尽的空间。这时，大地上的草在倾听，大地上的生灵们，在倾听。

这样的歌声，从不期待掌声、鲜花与欢呼，它是一个人在天地之间，对着自己唱，对着天地唱。——对着自己或天地唱的歌声，是纯净的。正如河水的奔流，不是为了取悦于人，对自己唱的歌，是从心中流淌出来的水。

现在,我们已经很难听到唱给自己的歌，很难听到唱给天地的歌。我们似乎更熟悉的场景是，歌声面对着拥挤的疲惫的耳朵，在幽暗和喧闹的狭窄空间里回荡，随时在取悦于人，随时在索取、乞求微薄的、转瞬即逝的感动。

而长调，是坦坦荡荡的，兀自歌唱，唱出长调的人，他的马蹄向着远方，他的歌声比马蹄走得更远，他边走边唱，就像一个人兀自走过漫长的时光。

在某个时刻，我们听到了他的声音，像一棵草，像一只羊，听着远方传来的长调，那声音，渐渐地把我们带向高天阔地，让我们蓦然意识到，此生原是如此简单，如此安静，如此深长。

大雅作

▼▼
▼

生活在娱乐至上的时代，人们恐怕很难理解，音乐对于古代中国人的意义。

在华夏文明的早期，音乐绝不仅仅是艺术，当然更不是娱乐，它是一种纯粹的精神形式。人们通过音乐来体悟世界，通过音乐来体悟宇宙的律动和人间的秩序，也通过音乐与神灵和祖先沟通。

所以，要理解中国，必须理解中国古人对音乐的这种看法。华夏文明，与世界其他文明有共通之处，但也有着独特的差异。

这差异，概括起来，就是两个字——"礼"和"乐"。

我们文明的导师孔老夫子，重视"礼"，也热爱"乐"。在他老人家看来，音乐之中，就包含着人间的理想秩序，所谓"八音克谐，无相夺伦，神人以和"，说的就是，音乐在音律的变化和差异之中，达到和谐，而人间社会，也应在无穷的变化与差异之中达到和谐。

从这个意义上说，音乐就是这个世界的最高境界。由此我们就可以理解，中国历代王朝，都将"乐"视为立国之本。在两千多年的漫漫岁月中，中国的王朝大雅之乐，成为绵延不绝的传统，也成为世界音乐史上，独一无二的特殊谱系。雅乐之兴衰，在中国古人看来，是世道人心之兴衰的根本征兆。

现代以来，这样一个古典的、礼乐的、

追求人与天地之和谐的传统，备受考验。实际上，宋明以降，雅乐衰微，某种程度上也见证了古老中国的命运变化。现在，在人们的精神生活和音乐生活中，大概已经很少能够听到雅乐了，正所谓"大雅久不作"。而失落的正声大雅，难道真的已被遗忘，真的已经离我们远去了吗？

不，它们还在。

雅乐，这大雅之乐，存在于典籍之中，存在于记忆之中，在鼓、钟、磬、箎、敔之间，那清越和畅的声音，似乎仍在游动。世间的很多事都在改变，但中国人内心深处的那份乐感，至今不曾失去。

——那就是中国人对于差异与和谐的热爱，对于人与天地心心相印的追求。这也是我们的祖先留给我们的一份最宝贵的遗产。

21世纪的天地，比上古春秋更为广阔，中国人正在以五千年来从未有过的眼光，领略这世界的缤纷差异；也在以五千年来从未有过的胸怀，追求着世界的和谐。

时至今日，我们依旧能够听到这个古老民族心灵的深沉脉动。

那是钟鼓和鸣，是大雅作矣。

我看青山

▼▼▼

　　奥尔罕·帕慕克，一位获得过诺贝尔奖的土耳其作家，他曾经写过一本著名的小说《我的名字叫红》，其中谈到了中国绘画、西方绘画和伊斯兰细密画的不同。

　　在他的书中，我发现了一些非常有趣的观点。帕慕克认为，西方的绘画传统，是用人的眼光来看待世界，是平视的，所以西方人发明了透视法；而伊斯兰细密画，则是用神的眼光来看待世界，是自上而下的，这大概相当于从国航的飞机上向下看。这是两种不同的眼光，体现着不同的文化传统，也体现着他们对人与世界的关系的不同理解。

当然，在书中帕慕克也谈到了中国绘画。他意识到中国传统绘画与西方传统绘画和伊斯兰传统细密画，又有很大的不同。但这不同到底表现在哪里？帕慕克的小说语焉不详。据说，帕慕克写这本小说时，光研究伊斯兰细密画和西方绘画就用了十年时间，他要是再把中国绘画研究透，估计要花上几十年的时间，那样他就不是小说家，而是美术史家了，所以中国绘画的问题只好一笔带过。

如何看世界，看自然，看山，看水，这确实是中国传统的精髓所在。由此，中国人发展出了与西方传统和伊斯兰传统判然不同的山水画传统。中国的山水画，是人的眼光，但这个"人"，又不是西方式的"主体"——在中国山水画中，人不是忙着观察、认识、分析世界的"人",更不是忙着征服自然的"人",而是一个敞开心胸的、融于山水的、归于大化的人。套用一句流行而时尚的说法:这个人,便是与山水和谐,与自然和谐的"人"。

中国的山水画所讲求的,不是"眼",而是"心"。

在山水之间,敞开自己的心扉,神与物游,心在山水之间盘桓徜徉,这是中国人追求的"意"。故此,中国古典山水画,是散点透视。这个"散",说的其实就是"心",就是人与山水之间那样一种相亲相守,如同挚友相对的默契神会。看中国的山水画,不仅是看山看水,也是看写这山水的人,看他在山水之间的风神怀抱。

——中国人的这一套,讲给西方人或者土耳其人听,恐怕他们是很难明白的。因为中国人的山水画,讲究技艺,但更讲究气韵精神。中国古时的文人，不能挥洒几笔山水者甚少，他们并不是立志要当画家，那不过是展露襟怀的一种方式而已，是静态的书斋生活的一种动态可能。从这个意义上说，山水画如同中国人的精神原乡——在宣纸上，古人所画的，是外在的山水，更是人心中的山水，是一个可以安居的精神世界。

现在，正如帕慕克先生在他的小说中所指出的，西方的眼光正在覆盖世界。其实，不仅仅是绘画，通过国家地理频道或者《探索发现》栏目这样的现代影像手段，人们无所不及的窥视，正在侵占着自然。千千万万的现代旅游者，将那山山水水，仅仅看作随时等待着自己的脚步踏过，等待着自己的手机、照相机和摄像机任意截取的美好景观。

古人的世界观里，山水是我们的故友、情人和亲眷，与山与水相阅，更是倾谈。

在此时，我们也许应该重温中国山水画

的传统。面对着山与水，把我们的心，从手机、照相机和摄像机中解放出来，像古人那样，以心游之，以神游之，相看两不厌。

古人另有句云："我见青山多妩媚，料青山见我应如是。"看到了青山碧水，那是西方的眼光；料到了青山看我，这才是中国之心。

有了这颗心，方是妩媚风流。

风行水上

行书之行，是风行水上。

楷书是端坐的，如同君子；行书是行走的，如同行者；狂奔和大动，那便是草书了。字为心画，中国书法和中国人，是同一的，书之体，即人之体。这个体，既是身体，也是精神。因此，中国书法于中国文化，中国书法于中国人，都具有了根本性的意义。

即使在手机为王的时代，这种意义也不曾消散。行书之行，也体现着中国人生活中一些根本的审美价值，比如轻逸，比如速度。当文人手中的紫毫象管，于纸面行走，感受那美妙绝伦的轻逸与速度时，那是身体的愉悦，也是心的愉悦。这种感觉，晋人曾有着传神的描述，如行山阴道上，目不暇接。

行书的逻辑，也是中国式的，它独特的魅力，就在于控制中的游刃有余，只有深入其中，你才能感受到它的疏可走马，和它的密不透风。所以，行书的心态，和楷书、草书不同。楷书是凝神，草书是宣泄，而行书是从容，是赏玩，是动中有静和静中有动。行书不是诗却有诗的韵味，行书不是画却有画的美感，行书不是舞却有舞的节奏，行书不是歌却有歌的旋律。王羲之的行书，使他成为中国的"书圣"，这不是没有道理的。

曾记得，因着一桩新闻，"哥窑"突然又成了人们街谈巷议的热门词汇。哥窑，一个传说中的窑，至今我们都不知道它在哪里，

甚至是否曾存在。它几乎就像是一个流言，
源头无从确认，但却暗自流传。张爱玲说：
"流言是写在水上的字，风过无痕。"所幸
的是，哥窑不仅仅是写在水面上的字，它还
留下了那些器皿，那些令人怀想、令人心动
和心痛的器皿。

　　如同中国的行书作品，哥窑器皿越过漫长
的时间之水，留存至今，让人对它们心存珍惜。

原来羊

▽
▽▽
▽

原来"羊"竟是这样好的一个字，"美"和"善"，"羡"和"祥"，还有繁体的"义"字，其中都有羊的影子。我不禁要慨叹，我们的祖先到底是有多么爱羊啊，才把人间最美好的价值，都与羊联系在了一起。

《三字经》里说："马牛羊，鸡犬豕，此六畜，人所饲。"旧时每逢过年，我们都爱把五谷丰登、六畜兴旺挂在嘴边。虽说同为家畜，但人们仿佛对羊另眼相看，似乎在这种动物的身上，体现着令人尊敬的美德。

比如说，明察与公正。据说我们民族历史上最早的法官皋陶，就是根据羊的意见，来判断案情。具体方法是这样的：嫌疑人站在那里，皋陶牵出一只独角的公羊来，如果羊冲上去，用它的角去顶嫌疑人，那么此人必是罪犯；否则就是好人，则当庭释放。这个办法，据说极为灵验，以至于有一段时间法官们都要戴上状如羊角的帽子，以示公正。

古人之所以相信羊具有这种辨别善和恶的"超能力"，大概是因为他们把羊作为与神灵与祖先沟通的媒介，每逢祭祀，献上羊和猪，这叫作"少牢"，如果再加上牛，那便是神灵与祖先的节日盛宴，名为"太牢"。不管是少牢还是太牢，羊总是少不了的。仿佛在它的身上，寄托着中国古人对天地、对祖先的一片敬意与善意。

天气变得更冷了，北风呼啸，呵气成冰。

若是在汉唐时代，遥想那未央宫或大明宫里的群臣们，此时该换上羔裘了吧？正所谓"羔裘如濡，洵直且侯。彼其之子，舍命不渝。羔裘豹饰，孔武有力。彼其之子，邦之司直。羔裘晏兮，三英粲兮。彼其之子，邦之彦兮"。在那时，一件羊羔皮的袍袄，是权力与地位的象征，等闲之人是穿不得的。由此，也可见清肃刚健的汉唐风范，不像后来，比如清代，羊皮落到了寻常百姓的身上。

《红楼梦》中，大观园里流行的是来自关外的各种珍奇皮毛，宝玉、凤姐的衣柜里，挂的都是貂狐之类大毛衣裳，甚至还有孔雀裘这样的稀罕物什。

说起那孔雀裘，故宫藏有一件孔雀羽串珠彩绣云龙吉服。见过便明白，原来孔雀裘的贵，主要还不在孔雀的翎毛，而是在于织造过程中的穷极工巧。那样的一件衣裳，所耗费的巧思与耐心，在今天这样一个工业时代，已不可想象。也难怪，寒夜中补一个小小的破绽，竟伤了晴雯姑娘的元气。

　　说来说去，说的都是羊。唯愿"羊"这个美好的字眼所包含的一切，一直伴随着我们：美和善，公正和温暖，幸福与吉祥。

天空之心

▼
▽
▼

在天空和大地之间，有飞鸟，还有风筝。飞鸟不关人的事，但人却希望像鸟一样飞翔，所以有了风筝。

记得我小的时候，过了春节，大院儿里的主妇们便要看管好自家的竹帘，因为那是我们制作灯笼、风筝的绝佳材料。柳条泛黄，如雾似烟，三五小儿，聚首起事，糨糊棉纸，竹篾墨汁，只待有风，露天电影院空场子的上方，就会闪动着天空的精灵。

仰着小脸看天，便有了少年的心事。

风筝的起源，难有确考，但那一定起源于人类最天真、最浪漫的向往，那就是飞——挣脱大地的束缚，凌空蹈虚。人们认为，这才是真正的自由。

为了这个梦想，人类付出了代价。"嫦娥应悔偷灵药，碧海青天夜夜心。"嫦娥飞是飞了，可是如同断线的风筝，飞不回来了。还有古希腊的代达罗斯，用羽毛和蜡粘成翅膀，带领儿子在空中飞翔，可惜儿子飞得离太阳太近了，封蜡熔化，他掉入大海而亡。

现在雅典的街头，就有一尊代达罗斯的雕像，希腊人把他当作希腊空军的象征，说的当然不是失败的飞翔，而是那种向着天空飞翔的强烈愿望。

几千年来，人类面对天空，总是痛感肉身沉重，在很长的时间里，我们想出的唯一办法，就是风筝。凭借风，一个人造之物，在人的操控下飞翔于天空，这件事看上去是无用的，但是一些人类最珍贵的精神品质，就寄托在这小小的风筝上面。

风筝如同人类身体的延伸，它们代替人类飞翔，通过那根细细的线，人类感受着风的律动。放风筝时，人不再盯着地面，而是仰起头来，看着高远的天。总是盯着眼前和地面时，人的心是窄的；仰起头来，我们发现人心辽阔。

那只风筝是我们飘在天上的心。这颗心在天上飘了千百年。如此强烈、如此持久的愿望，激发着人类的才智，终有一天，无用的小事，会变成有用的大事。在天空飞翔的不仅有鸟，有风筝，还有飞机。人们终于带着自己的身体，翱翔于蓝天，俯瞰着大地。

横斜摇曳

▼
♡
▼

中国古代的哲人，讲究格物致知。

所谓格物，就是对着一件事物，反复琢磨推敲。这事物，可以是山，可以是水，可以是一朵花，也可以是一棵树。忽然有一天，把这山、水、花、树都想明白了，想通了，那么人生之道，也就豁然开朗了。

所以，在古人看来，世界和人生的根本知识，就存在于眼前的平凡事物之中。仁者乐山，智者乐水，这倒不一定是说热爱旅游的人，都是既仁且智的。但是，山和水，总是在精神上暗自教导着我们，引领着我们。这份教导与引领，或许不是那么容易领悟，所以要格物，要谛听，那自然天地向我们无声地传达的真理。

竹子，是被无数古人深入"格"过的事物，古人们注视它，倾听它，描绘它，使用它。渐渐地，对于我们来说，竹子已经不仅仅是生长在土地上的植物，它还是一种精神，一种节操，一种生存态度。竹子是君子，是高士，是那些坚定的人类。

在中国的南方，竹子漫山遍野，散布于房前屋后。它不是生于幽谷的兰花，但它却是无数人在精神上的同道和挚友。宁可食无肉，不可居无竹。因为即使是在无肉的日子里，那些精神上"有竹"的人们，依然可以活得挺拔清劲，活得内心洁净。

竹子可以说是一种文化植物。在这个时

代，以传统的名义，紫檀、红木、金丝楠们大行其道，寸木寸金。而竹子并不值钱，但竹子并不必因此而羞惭，它本来就不是属于庙堂的，也不是属于肉食者的。所谓梅兰竹菊，中国文化中那些最为高贵的品质，最为微妙的想象，最为深邃的体验，从不曾寄托在天价名木上，反倒是体现在横斜摇曳在人们窗前的这一丛竹上。

所以，人们在探求竹子的使用价值、工艺价值、艺术价值的同时，也在不断探究竹子的精神价值的历史。那些和竹子有关的器物，从来不是金碧辉煌的，它们平实而亲切，它们既是家常日用，又体现着它们的创造者和使用者对于一种善好人生的思考与想象。

长夏之中读竹史，仿佛静立于幽篁之中，顿觉内心清凉。

时间中的桥

▽
♡
▽

　　桥，连接着水的这一岸，和那一岸。桥，也连接着心的这一颗，和那一颗。有位佳人，在水一方。

　　三千年前，一位痴情男子遥望对岸的佳人，发出向往和无奈的感慨。水，阻隔着人们的脚步，但是水并不能阻隔人们的目光。目光所至之处，脚步却未必能达到。也许，正是在这个时刻，这个字，就悄悄地从人们的心底长出来，从人们的嘴里绽开来——一个延展而风姿绰约如同乔木的字：桥。

所以，桥是技术，是巧思，是力学；但同时，桥也是美学，是想象，是艺术。

有个很有趣的发现，中国古人很少从纯粹技术的角度来看待桥。如果那样，我们就不能拥有那么多千姿百态的桥了，又少了多少意趣？

在古人看来，一座桥的存在，是为了让人的脚步从这一岸走到那一岸，但这并不是对河的侵犯和征服，而是古人与江河溪流商量，与那水相敬相安。人们总是能够想到恰当的技术和形式，使得一座桥横跨于水上，互不犯涉，和谐相安。

古人形容桥，最常用的比喻，是彩虹。在这个比喻中，隐含着古人深邃的智慧和哲理。也许古人认为，相对于大自然中的江河溪流，人类的任何构造，其实都如同彩虹一样短暂。所以，他们怀着对江河的敬爱之心，要把桥建得如彩虹一般曼妙。

古人的桥，大多真的消失了，留下来的如同奇迹。走在这样的桥上，如同走过三生三世；走在这样的桥上，你不禁要想，你的脚下，或许有宋明时人的足迹；走在这样的桥上，你会感叹，人类之造物，竟如此坚定而从容地经历了时光的侵蚀。有些河已经断了，但是桥还在，好像这桥就建在时间里，从千年的那一头，走到了这一头。

这时，你会对那些建桥的人，心怀敬畏。虽然他们的姓名大都失佚，但他们所建造之物，却配得上山河岁月。

在这些无名者面前，今日的人们也许更巧更强。但我们是否能够相信，我们的桥，能通向千百年后的哪一天，哪一年？

空

无

中国古代建筑之美，不仅在于它的物质形态，更在于它的"空"和它的"无"。

正如中国画与西洋画的区别，西洋的建筑是"实"的，它的形态、体积和质地，牢牢地吸引着人们的目光；而中国建筑，讲究"虚"，讲究意犹言外，它真正的美和好，在于无形之处。看不见，但要用心体会。

比如那长长的屋檐，是中国古代建筑的特色之一。屋檐是美的，但房屋之美，并不

在我们看得见的屋檐与窗棂，而在那屋檐所投下的长长短短的阴影。

日本作家谷崎润一郎曾写过一本书，书的名字叫《阴翳礼赞》，书中一个重要的观点就是"阴翳造就了东方建筑美"，旧式房屋中处处掩映的重重阴翳，使得居住其中的人们沉静安详。这是日本建筑美学的精髓，当然更是中国建筑美学的创造。

即使是最宏伟的中国古代建筑，摄人心魄的，也不是建筑本身的体积，而是建筑所召唤、所展示的浩大的"空"与"无"。寂寂无人的清晨，站在故宫太和殿前，你的敬畏，其实并不是来自这巍峨的殿宇，而是这大殿所昭示的浩浩荡荡的蓝天与大地。

即使是在富丽的唐代，建筑物室内的陈设，其风格也是清空简约的，这种风格，流传东瀛，延续至今。一屋子的琳琅满目，是清代的风格，已入了末流。

物，太多太挤，心，就会小，人，也会小。

所以说到底，建筑之美，并不在于它的体积与形状，那是一种人生的态度和境界。今时今日，古典建筑的风格元素，似乎是随处可见的；但古典建筑中的生命与精神，或许已大音希声。

看到有，也看到无；看到虚，也看到实；看到满，也看到空……这是古往今来一切建筑家们所要面临的问题。

或许，这也是古往今来，所有人面临的问题。

看不见的宫殿

▼
▼

意大利作家卡尔维诺曾经写过一本名为《看不见的城市》的书。在书中，来自远方的马可·波罗向忽必烈汗讲述了他所游历过的城市——大汗看不见那些城市。但也许正是因为看不见，那些城市在讲述过程中，获得了神奇的光辉。

这世界上还有看不见的宫殿。这些宫殿存在于人们的书写中、讲述中和记忆中。

作为物质的宫殿，也许只剩下焦土、瓦

砾和废墟，我们永远不能看见它们。但是，它们却永存于时间之中。在时间的深处，这些宫殿焕发着神秘的色彩，成为人类雄心、智慧或者疯狂的永恒见证。

比如，阿房宫。最新的考古发现证明，阿房宫从未被真正建成过，但是在后人的想象中，它成了最为壮丽的奇观，同时也成为暴政命运的象征。

比如，圆明园。在讲述、记忆和想象中，圆明园是这世界曾经有过的花园中最美丽的一座。但最终，它的断壁残垣，铭刻着中华

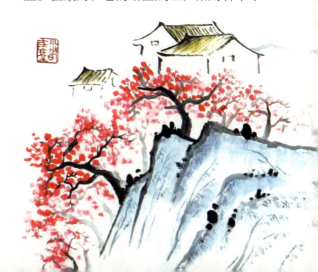

民族最深邃的伤痛。

我们看不见它们，但它们永远存在。

再比如，大明宫，那是大唐盛世的结晶，唐太宗、武则天和唐玄宗在此君临天下，万邦来朝。大明宫曾经是半个世界文化、财富和力量的中心，是激发着李白、杜甫、白居易这些伟大心灵的所在。这座宫殿，在二百多年的时间里，被华夏与异域的人们传颂与膜拜。

后来，它倾颓了。如今的考古学家们，只能从大明宫的地基遗迹来揣测它昔日的宏伟与荣耀。但是，在另一重意义上，它又从未消灭。作为中国历史上最为辉煌的时代象征，它在后来的一千多年中，始终深存于我们的记忆中。它是一座看不见的宫殿，也是我们心里的宫殿。

千年易逝，盛世再临。遥望大明宫，每个大唐的子孙都会壮怀激烈。

山水留观

▼
▽
▼

　　关于西湖，无话可说。因为这片湖泊，不仅是形成于侏罗纪时代的自然的湖，它也是诗句、传奇、逸事和流言的湖。有关它的文字和言辞，正如那湖之浩渺，水之波谲。

　　其实，水多那么一杯，或者少那么一杯，西湖还是西湖；而纸上的言说，多那么一页，或者少那么一页，更是无关西湖风月。

　　小女子以为，为了去游西湖而乱翻书，是煞风景的事。那些名人，那些掌故，我们大可以不知。西湖的好，也许并不在书里。换句话说，那些书里的人们，那些才子与佳人，把他们的灵心慧性，把他们对山水与生活的爱，把他们的敏感与细致，都留给了西湖。

苏轼诗云："名高有余想，事往无留观。"意思是有些事情，不知也罢，但古人的风神怀抱，却令人流连。那些需要人们用真性情去感知的，或许才是真正的西湖精髓。

西湖，是属于一个城市的湖，它不仅是让人看的，更与生活态度和生活方式有关。当中国人故老相传，把这个湖所在的城市称为"天堂"的时候，说的也绝不仅仅是风景之美，其中必然寄托了中国人的某种生活理想。

这种理想，也许在苏轼那里得到了最充分的体现。这位把自己的名字与西湖永远地联系在一起的伟大诗人，经历过人世坎坷，但他永远旷达明朗。他是诗也写得，东坡肉也做得，他是如此热爱这人世，热爱这山水与红尘。而他的爱，是那样深情、珍贵与正派。

从这个意义上说，西湖归来，也是名高有余想，而山水之留观。

《乐悦》国画写意。纸本设色。40cm×40cm。俞悦作。

第四章　无意之问

点

心

▼
▽
▼

　　总是在隆冬的早晨，一种甜而香的味道，结束了我的梦。揉揉眼睛，我来不及穿好衣服便爬到窗户边上，看上面新结的冰花。

　　母亲说，那是梦爷爷连夜赶着画出来的。我总在接近中午的时间才醒来，太阳照着南窗，图案怪诞的冰花渐渐融化，玻璃斑驳成了花猫的脸。

　　怀着遗憾的心情，我下了床。通常在桌子上，有母亲特意留给我的点心。

甜糯的香味，便是出自那里。长大成人后我才发现，在北方的生活用语中，"点心"一词的实际意义，与母亲的说法大相径庭。北方人所说的点心，确切意思是"糕点"，是一些被切成各种形状、以面和糖为主要原料、口感酥松的面点。而母亲每天给我做的点心，是盛在碗里的。它们通常是醪糟汤圆、荷包鸡蛋、咸肉汤团、粉丝圆子……它们甜得沁心，咸得爽滑。

据说在我的老家，"点心"的意思是"一点点的心意"。母亲常常对我说，以后你回了老家，每家都会留你吃"点心"的。这固然是一个客居他乡的女子的思乡之情，但于我，则是无尽的馋思。

大约三四岁时，我终于有机会随母亲回到父母的家乡。也就是在那个时候，我豁然体会到"点心"一词之意味，在南北方的大不同。父母亲皆是出生在太湖湖畔。母亲总是抱怨，若不是父亲坚持到大西北参加支援边疆建设，现今便如何如何了。这种抱怨，从我出生就开始听说了。事实上，后来试图落叶归根的时候，他们悲伤地发现，自己已经回不去了——一旦转基因为枳，怎么努力，也变不回橘了。当我真正踏上故乡的土地，呼吸乡下植物的清芳，跟随妇人去门前河里淘米洗鱼，和表姊妹们一同去八字桥或鼋头渚玩耍的时候，我才真正明白，母亲的抱怨，原是有她的道理的。

那次去无锡，是因了奔丧。母亲的祖母辞世了。母亲抛下丈夫孩子，只带了最小的女儿，星夜兼程，归心似箭。我的母亲身世说来坎坷。她的祖母和外祖母家皆是无锡的大户人家，两家联姻，原是珠联璧合。怎奈月有阴晴圆缺，我的外祖父刚结婚不到一年便因伤寒无治而去世了，留下年轻的新媳妇。可怜我那外祖母当时还不满十八岁，肚子里已经怀了孩子。我外祖母的娘家人，退回了成亲时男方的聘礼，要将自家的女孩儿领回去。新媳妇生下孩子，不足两个月，真的被娘家接回去了。

　　而那个遗腹子，便是我的母亲。母亲从此开始了寄人篱下的日子，虽然伯母、婶子从未为难过她，且祖母也对她无微不至。但毕竟是没有爹妈的孩子，终觉得自己是说不起话的。我记事起，就总是看到母亲一边听越剧的《红楼梦》，一边在王文娟的悲切调子里暗自垂泪。后来由母亲的祖母做定，将母亲许给父亲。那时她们如何料到，终将离散的命运？母亲十八岁结婚，十九岁在无锡生下大姊。那时，全国已经解放了，父亲响应号召，已经先去了西安。当母亲带着自己年幼的大女儿追随父亲来到西安的时候，才只有二十岁。

　　母亲总是说，她从小没有享受过父爱和

母爱，所以要加倍地对我们好。

在那个物质并不丰富的时代，这种好和这种爱，最先体现在吃上面。

我记得，小的时候，大院里的人都管我叫小"阿拉"。后来我才明白，那是个误会。因为当时人们很少有机会去旅行，出差也只是去那些大城市。大院里的人里，有去过上海的人，他们听不懂上海话，见他们开口闭口总说"阿拉"，便以此作为对南方人的代称。所以，我自然便成了小"阿拉"。西安是个封闭而自大的城市，它的居民难免自视甚高。"陕西十大怪"中，便有一条是"姑娘不对外"之说。天子脚下居民的后裔，难免热衷自己的文化而对其他地域的人有所轻慢。具体来说，我们大院里的人，经常称我们为"吃米的"，他们嘲笑我们不会擀面条，不会捏扁食，他们嘲笑我们喜欢吃腥气的鱼，他们嘲笑我们喜欢吃那些温软不顶饥的米饭。总之，在他们的眼睛里，我们不过是蛮夷之后，开化得晚，而且没有力气。

说远了。现在想来，三四岁时第一次回到无锡，我才真正领略了"南食之美"。

而南食之中，我以为，点心最美。

在无锡，我被托管在母亲的一个表妹——也就是我的表姨的家里。表姨有两个女儿，她指派其中一个年龄较大的女孩陪伴我。表姨每天给我表姐五角钱，让她带我出去"白相"。在那贫穷的 70 年代，五角钱的意味，恐怕比现如今的十元要丰富得多吧。两个孩子年龄相仿，都是贪玩好吃的年龄，表姐被这意外的美差打晕了脑袋，不亦乐乎。她把喜悦传递给了我，我们笑得都有点痴呆。

我们两个仿佛发了横财，携着巨款，尽情地挥霍。我们出梅园，入鼋头渚，过长春桥，穿澄澜堂……太湖仙岛、万浪卷雪、鹿顶迎晖、充山隐秀。肉排骨、油面筋、水晶包、苔县粥……我们满嘴流油，我们乐不思家。

终于泰极否来，在我母亲的祖母的灵枢正式入土的那天，我终于因水土不服和暴饮暴食而病倒了。而彼时彼刻，母亲也由于哀伤过度，昏厥在她外祖母的坟前。

母女两人纷纷倒下，急坏了家乡人。很多的细节我已经记不得了，但深刻的印象有两个场景：一是，络绎不绝的探问者在昏暗的灯光下，影影绰绰；二是，我趴在窗户上面，看外面长长的送葬队伍，手上端着乡亲们送来的"点心"。

他们每个人胸前都别着一朵小白花；我的嘴里，蠕动着香甜的"病号点心"。直到昨天夜里，我还做了以后一个场景为背景的梦。

这样的梦已经跟随我几十年了。我情愿，让这梦，和"一点点的心意"，与我一生相伴。

粽

子

▽▽

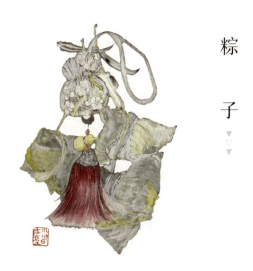

　　现在的端午节，越过越没意思，碰巧去超市的时候见有叫卖粽子，才知道该过端午节了，就买两个现成的，算是个意思。有几年，根本忘记这回事，也就不吃粽子不过节了，反正外面买来的，也实在没什么吃头。

　　倒是每年的端午节晚上，母亲电话打过来说，今年又是只差你一个人。伤感得很。

一

对于母亲来说，端午节是展示她手艺的重要节日，甚至比春节还重要。

小时候，能吃上好东西的日子，除了春节，也就剩端午节了。所以那时候，大人小孩都高兴过节。

母亲总是提前一天就泡好糯米和粽子叶，满满两大盆，还准备了赤豆、蜜枣、香肠、火腿、腊肉，还有棉线绳。母亲是居住在西安的无锡人，那时的西安人不怎么会包粽子，所以端午前总有很多主妇来家请教，母亲会耐心讲解，如何挑选粽叶，线绳裁多长才合用又不浪费。那时的母亲很快乐。

端午节那天，家里的客厅是脚插不进的，主妇们密密匝匝的一地，家长里短，叽叽嘎嘎，一反常态地欢快。母亲手巧，包得又快又好，自己的包完还帮助别人包，虽然要包整整一天，她的脸色却更加红润了。

按照家乡的风俗，端午节时家家户户要挂艾草、菖蒲，喝雄黄酒。在正午时分，还需要去野地里拔一种草，拿回来晾干了，据说可以治疗流鼻血。这个任务有时由我来完成。

姐姐们则忙着绣制香囊。香囊里面会放一种或几种味道刺激的香料，我很怕她们把香囊挂在我的脖子上，但终究挣脱不过。被挂上香囊的我，还必须去串门，邻居阿姨会很识趣地仔细端详那些香囊，并大加赞赏，我的任务是搜集这些谀辞，回家报告给姐姐们，那样至少半个月的时间，我都有丰厚的零用钱，而且闯了祸也不会被责骂。现在你们明白了，在那个没有"三微一抖红"，娱乐业也不发达的时代，端午节具有如何重大的意义。

二

包粽子不过是前戏，压轴的是煮粽子。那个时候没有煤气，更没有天然气，有的只是蜂窝煤炉子。吃罢晚饭，把火捅旺，开始煮粽子。我们家有口大黑铁锅，在我的记忆中，每年它只被使用一次，就是端午节前的那个晚上。

除了粽子，要煮的还有咸鸭蛋，自家腌的。那时候，每家每户的床板底下，都有那么几个坛子，用来腌制咸鸭蛋、咸鸡蛋，还有自制的松花蛋。

通常到夜里十点多，肚子就有些饿了。粽子的清香飘荡在空中，越来越浓郁。我从小就喜欢吃肉粽，揉着眼睛去厨房，想向母亲讨一个来吃。母亲担心晚上吃了会消化不良，总是回答说还没有好，要煮一个晚上呢。

我就坐在炉子旁边等。但一看到母亲从床下搬坛子，要往锅里放咸鸭蛋，我便立刻起身，假装困得不得了，揉着眼睛回房了。
那是我心里有鬼。腌鸭蛋的坛子，一直在我
的床下面，每次晚上馋了，我就摸出一个偷
偷煮了，尽管还没有出油也不怎么咸，但在
那样的时代，已经是很好的零食了。所以，
等到端午节，那坛子里的咸鸭蛋已经所剩无
几了。这件事，母亲从来没问过我，直到现在，
我也没弄清楚，她是从未发觉，还是心疼小
女儿不肯说破？我猜，可能是后一种吧。

　　其实，我还有两个疑问，就是为什么母
亲每年端午节总要做那么多粽子？那么多粽
子后来是如何消失的？以现在的胃口，每人
顶多吃一个，胃就开始不舒服了，整整一大
锅粽子，一家人得吃多长时间啊？

　　无论如何，我还是觉得小时候的端午节
更有仪式感，更像个节日。现在的我如此思
念小时候的时光，思念千里之外那个认真过
好每个节日的母亲。

猜父亲

▼
▽
▼

　　在我以前，父亲已经有了四个孩子，三女一男。他似乎还想要一个儿子，所以有了我。

　　我出生的那天，二姊赶回家报信。听说生的是个闺女，父亲愣了半晌，冷着脸将一锅热气腾腾香气扑鼻的小米红枣粥当街泼掉。这些是姊姊们当作笑话讲的。说者无意，年幼的我，却仿佛受到巨大的伤害。在很长时间里，我表面若无其事，内心却始终被这一事件痛苦纠缠。因为打从我记事以来，父亲给我的印象是内向讷语的，是与世无争的，是永不求人的，是心灵手巧的，是心细如缕的，是侠肝义胆的，是真诚和感恩的。

我生下来时只有三斤多重，更要命的是，母亲生我的时候是真正的高龄产妇，她已经没有奶水给我。每到换季，我总要生病的，所以我对季节很早就有认识了。冬天，父亲用他的二八"长山"自行车带我去所里的医务室打针。我坐在前面，他并不宽厚的胸膛让我感觉很安全。我们都戴着白色的口罩，车轱辘碰到了石子，车身便歪一下，我们同时发出快乐的笑声。有时，父亲会突然停下来，把车子撑好，告诉我不许动，然后他就跑到旁边的树丛里去了。回来时，手中多了几枚无花果。无花果甜丝丝的果心，让我觉得生病是一件不错的事情。

多年以后，我远嫁北京，把一换季就生

病的毛病也随身携带。然而，再没有人带无花果给病中的我了。

父亲是我见过的最聪明最善良的人。出门倒垃圾的时候，他捡回来一只受伤的小鸟——别人都说过不了冬的，结果来年那小鸟居然孵了一窝小鸟出来，是和楼上人家不要了的相思鸟，天知道他是用了什么魔法。别人问起，他只是略笑笑，并不作答。

还有他那满园子的花，绚丽而诡异，谁也不知道那是些什么品种，从何而来。有一些，是父亲自己琢磨着嫁接出来的。很长一段时间，我们家就成了动植物的收容所或诊所，别家快养死的花啊猫啊鸟啊的都送到家里来。等养好了，别人便兴冲冲地拿回去。来人高声地向母亲道谢，同时花一秒钟，用眼角将目光在父亲身上迅速折返一回。

也许父亲外表的冷，让外人无从亲近，所以很多人对他的评价是倨傲不羁。只有我了解，父亲只是不知道世故人情罢了。

父亲写得一手好书法，受他影响，我从小习字。那时我家并不大，为了我们的爱好，家里最大的一间屋子做了书房，巨大的红木条案上，铺着雪白的羊毛毡、宣纸以及他珍爱的文房之宝，书架上是父亲搜集的各种帖子和药书。我想尽办法引诱父亲和我对垒，我们各自写一个条幅，高悬着让对方评说。父亲总是讷讷地自己先说："我的间架是不如你的。"我便得意地大笑，然后细细地评他的字的许多好处，待他嘴角微扬，便携了手同去花园里看他的那些古灵精怪的植物。我赞他种的六月雪盈绿挂霜，他报我难得一见淡淡的笑。

关于从前（那是我记忆的"史前"），偶然能从母亲或者大姊那里听到些什么，她们的叙述，总是给我不切之感。遗憾，我是没有可能见识父亲的青壮年时代的。只是听说，当年他为了娶到母亲，只身去了上海，回来时建了当地最宏伟的宅邸。

据说父亲年轻时脾气很坏，也爱打抱不平。二姊总是耿耿于怀，说有一次因为一件小事情挨父亲的打，居然打断了一根擀面杖。这些我没有体验，我小时候几乎没有挨打的经历，或许是因为，我的成长，与父亲的衰落同时进行着。

我只能猜测。我对父亲的猜测，多过任何人。也许这个世界上，只有这个男人能让我费尽心思，也让我百思不解。

以我的观察，父亲并没有什么朋友。另一种可能性是，他的朋友是关羽、武松、陶渊明、花草、动物、药方，或者字画。与它们在一起，他更像一个孩子。我猜想，他很享受醉心于自己世界的快乐。在别人眼里，父亲是难以亲近不可理喻的，是这个世界的异类。他不懂得流行的社会话语，不懂得待人接物的技巧，他不了解世情的险恶——天知道为什么他居然还能活下来。

父亲一生从不伤害任何人或事——不愿或不能，他是无害的——生活上他对自己要求甚低。父亲珍惜每一张纸，每一段铁丝，每一粒花种……在他故去的时候，有很多儿女从前孝敬的衣服，仍然整齐地码放在衣橱中。他从来没穿过。

在我看来，他对自己近乎苛刻，却对别人慷慨大方。他从来不肯麻烦旁人，这个旁人包括他自己的妻子和儿女。有一年，我买房子，装修到一半钱不够了，父亲带着母亲坐了一宿的火车硬坐来到北京，放下一网兜钱就忙着要回去。我来北京快三十年了，他在北京待了不到三天，我下班回家，看见他在默默地擦地板——尤其是父亲故去的这些年，我总是忍不住想，擦地板的那个时候，他究竟在想什么？

　　父亲是我有限的人生中所见过的少有的灵魂高洁的人。在心灵上，他似乎更接近世界的本质，每每看到他独处的背影，我都会这样想。

　　无论如何，于我，父亲是巨大的宝藏和谜团。他给了我生命的同时，也给了我对生命的想象力。

保姆的天敌

▽▽
▽

　　我们的父母和公婆——我是说现在已经六七十岁的那一代人，据说他们年轻的时候，生活在一个平等的年代。那时，人不论高低贵贱，只要是劳动者，就是平等的，就是为人民服务。那个时代，令人向往和怀念。但是，每逢我们的老爷子、老太太深情怀念往昔的时候，我除了如同小鸡啄米一般不住点头之外，忍不住也有一点小小的怀疑。

　　这个怀疑就是，既然如此热爱平等，而

且曾经也平等过的人，为什么不能平等地对待家里的保姆？

问一问身边同龄的朋友，几乎家家都有一个"保姆问题"。保姆难找，保姆留不住，最极端的一家，从孩子零岁到四岁，前后换了 27 个保姆，问题到底出在哪里？社会学家或许有一套复杂的答案，但我的朋友们十有八九唉声叹气地承认，他们家的老爷子或老太太——主要是老太太，是问题的关键所在。

我的朋友甲，正和上司在线上就一个项目的细节讨论到白热化，这时她书房的门突然打开，她的婆婆冲将过来，老太太手举酱油瓶，神情激愤如同擒了反叛，一根手指指着酱油瓶上某个似乎很确定的刻度说："你看看，看看！昨天这酱油才到这儿，今天就到这儿啦！一天之内，她用了多少酱油啊？这日子还怎么过呀！"

惊魂初定，我的朋友甲总算明白了。婆婆说的这个"她"，指的就是她们家的保姆。朋友甲迅速回想了一下，没觉得饭菜很咸，或者菜色很重，也没觉得多放点酱油何以日子就过不得了，但她知道，她的婆婆与保姆的矛盾正在日益激化。

俗话说，冰冻三尺非一日之寒，自从保姆进了门（或者是保姆先来，婆婆进了门），两人就成了一对"天敌"。保姆当然不敢造次，但是在婆婆看来，那个女人就是潜伏在家里的一只蛀虫——干活偷懒，吃得又多，不随手关灯，洗个澡水龙头哗哗地响个没完，炒菜的时候也只会多放油——每当做饭的时候，婆婆如同一只鹰，蹲在厨房里，伴随着抽油烟机的轰鸣，婆婆警报一般地尖叫："油！油！"显然，油又放多了。

对于此类矛盾，如果矛盾的一方是婆婆，而非自己的亲妈，那么老实说，女主人甚至有一点暧昧的快意。我的女朋友们都是事业有成的现代女性，在收入方面，未必比老公挣得少，婆婆们是通情达理的，眼见着儿媳妇每天从早忙到晚，手脚不停，也不为难。而这一代婆婆们大多是读过书的，甚至很多人本身就是知识分子，年轻的时候也是奋发向上的有为青年，所以也并不拿出传统婆婆的"范儿"来寻衅滋事。这种时候，保姆们就成了家里的"小媳妇"，婆婆那些本性里的东西，转了一个弯，全使到了保姆的身上。所以，媳妇们不免有点转移祸水的窃喜。

婆婆和媳妇闹意见，轻易不敢勒令儿子跟媳妇离婚；但婆婆和保姆闹意见，那可是辣手无情——我的朋友甲曾经慨叹，如果婆婆是公司的老板，只怕公司每天都要裁员。下班回到家，迎面看见一老一小——婆婆和保姆正虎视眈眈地对峙。见她回来，保姆含怨无语，而婆婆的声势，则仿佛背后有示威的人群——她要是不走，我明儿就走，我都这么大的岁数了，我可受不得这份气！

怎么办呢？到底是因为什么，到底谁是谁非，此刻已经不重要了。不管保姆冤成窦娥，不管六月如何下雪，儿媳妇只好把脸一黑，勒令保姆卷铺盖走人。

如此这般，过上半年，必再来一次。以上说的是婆婆和保姆。其实，自己的亲妈和保姆的情况也差不多。老太太住在自己姑娘的家里，看着保姆，也像是婆婆看儿媳妇。

在中国的城市家庭里，这份隐秘的矛盾，天天都在上演。婆婆或者亲妈，与小保姆的冲突，固然有具体的原因，总之一地鸡毛，难论是非。但细细考究起来，冲突从一开始就已经埋下了伏笔——在婆婆或者妈妈这一代人眼里，家里雇着个保姆，本身就是一件很难接受的事。理智上她们当然知道，孩子们的生活中的确有这种需要，但过惯了拮据和克己日子的她们，对这种家有保姆的排场，实在有一种本能的不安和恐惧。更不用说在京沪这样的大城市，一个保姆的月薪动辄大几千，这个数目，比不少老爷子、老太太的退休金都高得多。在她们看来，这更是令人发指的挥霍。

这里面还有一层更加微妙的心理原因。婆婆和儿媳妇之所以是"天敌"，那是因为她不得不把自己的儿子拱手让给另外一个女人；而婆婆或者亲妈与保姆为敌，是因为那个更年轻的女人的存在，时时刻刻提醒着他们，自己已经老了，老到在家务劳动中也不再具有实际的能力和作用了。

谈到最后一个原因，让我们回到文章的开头。尽管婆婆和妈妈这一代人，尤其是知识分子婆婆和知识分子妈妈，尽管她们年轻的时候是坚定地热爱劳动人民的，但是这种热爱是抽象的和概念上的——在她们的生活中，从来不曾有机会学习，如何与那些为她们提供服务的劳动者，在一个具有基本尊重底线的基础上相处。

所以，我的一位男性朋友，在被老妈和保姆的矛盾折磨得不胜其烦的时候，对老太太说："老妈呀，您也是贫农出身，可是您现在真的很像一个地主婆。"

有些事

千年不变

▽
▽
▽

　　年夜饭，从某种意义上说，是世界上最大的、最隆重的、最被严肃对待的、寄托着最多的向往与热情的饭局。

　　春节前，总是有数以亿计的人们正穿行在回家的路上，在最短时间内的最大规模的人口流动，这常常被形容为中国独有的奇观。但是，事情的有趣之处在于，这么多的人，在天上飞翔，在地上奔驰，在水面滑行，日夜兼程，大多是为了在那个晚上，坐在那张餐桌旁边，坐到属于自己的那个位子上。有些事，千年不变。那些千年不变的事，从根本上决定了我们是中国人，就像这年夜饭。

在这个晚上，无论是皇家、豪门，还是寻常人家、贫寒小户，总是有一张热气腾腾的餐桌，在等待着归人。餐桌上的菜，有豪奢的，也有简单的，但这张餐桌的根本意义，

忽然想吃火锅 悦

对于人们来说，都是一样的。它，是团圆，是和乐，是一家人在这世间的完满；是一个人，确认他有一个家，有几个乃至一群不离不弃的亲人。

所以，在小女子看来，大年三十晚上的那顿年夜饭，是一桌众生平等的饭。所有的人，都应该安稳地坐在桌边，坐在属于自己的位子上面；这是一桌天下太平、海晏河清的饭，大地上的每个家庭，都有属于自己的温暖烛光，都有饭菜的香气，和笑语欢声。

有些事，不怕重复；有些事，必须重复。只有在重复中，我们才能体会，时间静好，岁月悠长。

黄金周之『痒』

史上最牛的旅行者，我认为是在中国的一本名叫《世说新语》的书里面。

这位老兄忽然想念他远方的朋友，于是他即刻动身，行船走马，一夜奔波，跑了不知道几百里路。眼看就要到朋友家了，这位老兄沉吟了一会儿，让船夫掉转船头，说："回去。"

人家问了："您老跑这一趟是为什么呀？到朋友家坐坐不成吗？"这位老兄说："乘

兴而来，兴尽而返。"这句话，如果翻译成现代汉语，就比较麻烦了。那意思是说，旅行的乐趣，就在于它的"无目的"，或者说是"无功利目的"。

如果大老远地跑去，专为探亲访友，那便俗了。跑这一趟，不过是为了"跑"本身，图的就是"高兴"二字。

古人的风范，现在的人是不好学了。你总不能半夜三更睡不着觉，忽然来了兴致，欲去远方，然后就着急忙慌地买机票吧？因为，第二天你还得乖乖地去上班，于是只好憋着自己的兴致，等啊等，一直等到"五一""十一"，或者春节。

于是，在那以"黄金"命名的七天中，无数憋坏了的中国人，黑压压一片，喷涌而出，奔向那千山万水。这样的阵势，古人是不能比的，千百万人挤成一团，乘兴而去，很可能立刻就演变成了败兴而难返。所以，关于黄金周的旅行生活，我们听到最多的，倒都是抱怨，抱怨旅途中种种的不方便、不如意、不适应。黄金周之后，朋友们坐在一起，通常会在热烈地交流过他们的抱怨之后，突然反省：既然有这么多的不便，那我们一年一度或者一年两三度地折腾，到底是为了啥呢？

我认为，我们这样折腾的乐趣，就在于这嘈杂鼎沸的七天中的那些不方便和不如意。从某种意义上说，这种不如意不方便，并非我们日常生活所固有，而是我们花钱找来的——当然，这种不如意因此也被放大了。

比如我的一位朋友，气急败坏地诉说，她去的那片荒野，没地方洗澡。更加难以忍受的是，如厕时，脚底下是一丈多深的猪圈，她如履薄冰，如临深渊，最痛苦的是，一想到下面有无数睁大的双眼，就恨不得落荒而逃。但是，想想看，浴缸、马桶，甚至 Wi-Fi，她自己家里就有现成的，若是贪图这个，何必跑到荒郊野外自讨苦吃？如果说有浴缸马桶的生活如此平顺正常，那么旅行的冲动，就如同生命中的"痒"——那是一点点向往，一点点好奇，甚至是对自己日常生活的一点点"恶意"。

在某个时刻，我们出发去远方，就像个赌气离家的孩子，或者是一个秘密向往自由的小主妇。我们离开一个世界，在另一个世界的不同、生疏以及惊奇中寻找安慰。

在我们的心里，这必定是不同的，哪怕只是短短几天，它也使我们的生活变得不重复，不平顺，当然也就不单调。

然而，这种未知的、不重复的生活，必定是充满各种小故障的，也正是这些小故障、小烦恼，止住了我们的"痒"。

乘兴而去，兴尽而归。我们最终会发现，自己终究还是满意于或者习惯于现在的属于自己的生活。

爱过节的中国人

▽▽
▽

在汉语里，节的本意，是节律和节奏。无穷无尽的时间和岁月，因为有了节，变得快乐和轻松。也许正像人们所说的那样，中华民族是个勤劳、勇敢、善良的民族，也是特别喜欢和期待节日的民族——不在乎"什么节"，只在乎"有个节"。

中华五千年的历史，为我们留下了如此丰盛的节日。而中国人通过复活古老节日的方法，慢慢找回了他们民族的传统。

对于中国人来说，岁月因此而美好。

20世纪90年代以来，随着中国经济的高速发展，越来越多的中国人突然发现自己有如此多闲心和闲暇，于是对传统生活的美好记忆开始全面苏醒。

现在，任何一个生活在大城市的中国人，除了元旦、春节等始终延续不曾中断的节日之外，还兴致勃勃地过起了中和节、重阳节等，乃至于传统历法中的大小节气，比如春分、夏至、立秋、冬至等，这些似乎也都成了节日。

的确，中国人对节日向来十分上心，会很认真地过三八妇女节、五一劳动节、六一儿童节、七一建党节，八一建军节、十一国庆节，还有母亲节和父亲节。但是，你千万不要以为中国人对节日的热爱，就只是意味着文化认同上的特殊意义。事实上，中国人不仅过中国的传统节日，还喜欢过圣诞节、情人节等。尽管很多中国人根本不知道圣诞节是谁的生日，情人节又有什么由来，但是不要紧，这一点儿不妨碍在节日那天遍地彩灯闪烁，人人喜气洋洋。

所以，事情的真相是，中国人真正欢喜的是，过尽可能多的节日，而对这个节的意义和来历并不过分计较，人们只是由衷地高兴，这个世界上有这么多节日可以过。

不工作
也是美丽的

▼
▼
▼

20 世纪五六十年代，中国有部流行小说叫《工作着是美丽的》。那个时候，人们接受的教育是，一个人如果不工作，那就叫游手好闲。从古到今，在中国社会上占主导地位的，是一种工作伦理——不工作是一种罪恶。

工作还是不工作？这个问题变成了道德问题的同时，也进而成为审美问题。在那样的匮乏经济中，不工作是可疑，甚至是可耻的。

现在，情况似乎发生了变化。

有个周末我参加了两个 party。巧的是，二者居然都和工作有关。少波要走了，这次是雅典。在朋友眼里，少波是个不折不扣的男"学疯"——没有功利目的，仅仅因为兴趣，读书读到四十岁，这不能不让人讶异。这些年，少波一直不间断地忙碌在念书或者和念书有关的各种事宜之中——北大中文系毕业以后，他一度为电影癫狂，于是去电影学院念了个硕士。

当然他一直有工作，而且是一份在旁人看来稳定而有前途的工作。以往他念书，同时也工作，这次比较决绝，干脆办了停薪留职，抛妻去国地远走希腊，只是为了去他心仪已久的大学读艺术史博士。连少波那很见过世面的父母，都不免忧心忡忡。

为兴趣活着，这似乎构成了少波与众不同的生活方式。

另一个聚会，是为了给同事送别。我的
这位女同事，从美国留学回来，就一直在外
企工作。13年的工龄，让她拥有了两套住房，
同时攒下了一笔数目不小的备用金。她把其
中一套住房出租，在她的计划中，租金用于
并不奢华的日常生活，而备用金可以抵挡突
如其来的不测。

她早已厌倦了"老鼠赛跑"的生活。她说：
"当我向老板递交辞职信，宣布结束过去时
态的生活方式时，感到从未有过的轻松。"

Party 的参与者，多是怀着复杂的心情
离开的。据我观察，一小部分三四十岁的中
国人选择暂时不工作，这渐渐成了一种时髦。
前面提到的那位女同事告诉我，如今她可以
自由地支配时间，生活充实但不刻板。"居
然有那么多有趣的事情，我以前都不知道。"
她懊恼自己没有早些选择这样的生活。

在当代中国，工作者依然美丽；而那些

暂时不工作的人，恐怕不仅是美丽的，而且值得羡慕。当然，什么都有代价，这种选择通常有几个前提。

第一，他们曾经努力地工作过，并因此积累了一定的财富。他们的幸运在于，不再身处匮乏经济的年代，经济的高速发展，为他们获得财务自由提供了可能性。只有财务自由，人生才能获得真正的自由；只有财务自由，你才能获得真正的尊重。这种尊重，不仅仅来自他人，更来自你的内心。第二，中国人对生活的安全感以及对未来饱满的信心渐渐强大起来，由于有了安全感，工作被从对人生意义的统治下解放出来，人们有了选择暂时不工作的自由。

如果说匮乏经济环境下，工作概括了中国人生活的全部意义的话，那么随着中国经济的蓬勃发展，工作逐渐变成了生活的部分内容。

　　人们发现，生活有如此广阔的领域和如此复杂的可能性，朝九晚五也并不是生活唯一的模式。比如，你喜欢旅行，或许行走就成了生命的一个意义；你喜欢弹古筝，那音乐就成了你生活的意义之一；甚至，你喜欢烹饪，那么烹饪也可以作为生活的意义。

　　就像那句广告词，一切由你掌控。

都有一颗捡漏儿的心

▼▼▼

　　我的一个忘年交，最近恋上了收藏。

　　虽然他每月只有五百元的经费，仍见天去北京的潘家园转悠。花五十元买了只瓷碗，神秘兮兮地掏将出来，用低沉的声音说："元代的。"或者花八十元淘换来一只砚，说是宋代的。看他老迈年高的分儿上，大家纷纷点头说："是啊，元代的，宋代的，恭喜您捡着一大漏儿。这件宝贝拿去拍卖，弄不好能拍出七八十万的价码呢。"

在中国人的财富梦里，有一个极富中国特色的情结，那就是捡漏儿。

捡漏儿，是北京古玩行里的一句行话，说的是由于卖主的无知和短识，买主以极低的价格买到珍贵的古玩，其真实的价值远远高于报价。

坊间流传着许多激动人心的故事，比如古董商程瑞卿花二两银子买了一个 50 厘米口径的明万历官窑青花五彩大海碗，这大海碗换回的钱，成了他的"第一桶金"，后来他开了著名的清逸阁，兴旺了数十年。这是经典的"捡漏儿"。

每个搞古玩的人，不管是初出茅庐的，还是久经沙场的，没有不想"捡漏儿"的，在这个事情上，每个玩家都是不折不扣的乐观主义者。

前两年，我的一个同事去洛阳出差。他好收藏，没事就往当地的古玩市场跑，经过讨价还价，终于花三万元淘换了一对"大明成化年造"的官窑花瓶。他不敢坐飞机，怕过不了安检。等到千难万险地把这对人间罕见的宝贝带回北京，找行家看了才知道，这是河南造的赝品，目前市场价一对五十元。行家说："古董越多的地方，地雷就越多，专门等那些发财心切又不懂行的人来踩。"

在中国，捡漏儿之所以能够成立，是源于中国古玩市场的特殊性，这种特殊性的根源，则是因为假货太多。几乎所有参与这个市场的人，都明确了解，在这个市场上起码99.9%的流通商品都是假货，但也正是由于假货太多，那0.01%的可能性就变得格外诱人。所以，捡漏儿不仅仅意味着轰然降临的暴利和财富，其乐趣还在于，一个人可以依靠自己的知识、眼光和直觉构成的判断力，来获取财富。

捡漏儿的神话，在中国长久不衰。几乎

每一个有收藏爱好的人，都会津津乐道自己
捡漏儿的传奇经历，而那些打了眼的，多半
缄口不提，仿佛事情从来就没发生过。所以
传入我们耳中的，皆是"胜者王"，全无"败
者寇"。

　　我认识的另一位玩家，最近从一山西老妪那里收了两样东西——一只瓷盘和一块白"籽儿"。瓷盘胎质很薄，在阳光下几乎是半透明的，当他认出是件清末民窑粉彩盘，大喜过望。卖家要价五千块，他没怎么还价，老妪一高兴，又饶给他一块籽料，籽料上刻有干枝梅。

　　回到北京，清末民窑粉彩盘三万元卖给了北京的一个古玩商，干枝梅籽料随手扔在了抽屉里。一天，圈里一个玩古玉的朋友来他家，看到那块籽料很喜欢，出价一千五百元要他出让，他觉得这一千五百元对他来讲简直就是天上掉的馅饼，感恩戴德地出了手。

　　几天后就听圈里人说，买他籽料的那位朋友刚卖了一枚羊脂玉，赚了十九万元。

　　他忙问是怎样的一块玉，那人回答："有鸡蛋那么大，上面刻着干枝梅。"

消

费

▽
▽▽
▽

　　失踪数日的一个朋友，见了面就叹气抱怨，原来他刚去了一趟新疆，在传说中如同世外仙境的草原上，他大失所望："难道这就是草原吗？我原想拍一个牧民的家，要十足淳朴的，结果蒙古包外总停着辆摩托车，在镜头里格外显眼。还有呢，原本一年一度的'那达慕大会'现今也成了商品了，只要客人有需要，立等就能看到，三十来匹马跑上一小时，便草草收兵。更滑稽的是，马师们表演完，竟骑着摩托车下班了……实在扫兴。"

无独有偶。我的一个来自西安的朋友说，他上大学时和一个韩国汉城大学的女生通信，女生让他描述西安的样貌，他开玩笑般写道："我家窗下，便是青石子铺的大路，每个清晨我都在一阵驼铃声中醒来。"他没想到，这封半开玩笑的信，竟引得韩国女生一放暑假就跑来了，拉着他的手一迭连声地问，青石子路在哪儿？骆驼又在哪儿？

失望也好，抱怨也罢，归根结底是因为自己目光所及和想象中的样子大相径庭。旅游者会跑很远的路去一个新地方，但他们很少意识到，他们是带着想象去的，他们希望那个新地方满足他们的旧想象。鉴于旅游是商品，大家都是花了钱的，如果我们的想象不能被满足，我们就会生气，就像是一份合同未能得到遵守。

在中国，新兴的中产阶级正豪情万丈地通过旅行来满足自己对生活和文化的差异性追求，同时印证自己的想象力。去远方，去不一样的地方！于是，在中国大都市之外，几乎所有具有异域风情的穷乡僻壤都正在被大规模地勘探和开采。但是，事情的矛盾之处却在于，这种旅行时尚对生活和文化差异性的鉴赏需求，带动了中国旅游市场的急剧发展，而这种发展，反过来也正在摧毁千百年来在相对的隔绝中发展出的独特的传统生活和文化。也就是说，我们大老远地跑过去，是为了看那些人们怎样生活，看他们和我们有什么不一样。但是，不要忘了，他们也在看我们，看我们所带去的一切，这些终将汇成一种力量，这种力量正在抹平和消除我们和他们之间的差异。

所以，没什么好奇怪的，在中国任何一个旅游者聚集的地方，我们所看到的常常是一个主题公园般的幻象而已，当地的人只不过在精明地表演和出售他们的差异性。在这种幻象之下，他们的日常生活的基本逻辑与我们并无两样——就像演员卸了装，原来也是常人。孩子们发现这一点都会感到失望。

草原上，一个汉子从马上下来，换骑摩托车下班回家——在他的家里，已经不再饲养马匹。他骑着摩托牧羊，而且正如我们希望我们换一辆奔驰宝马，他正打算换一辆本田摩托。对此，中国年轻的时尚人士都会感到失望和痛惜。我也感到失望，因为我也希望能生活在一个参差多彩的世界里。在这个世界上有各种各样的人，他们对世界的看法千差万别，他们的生活方式特色迥异——我认为这样的世界才是美好的。

但问题是，我也不得不承认，对那个骑摩托车的异族小伙子来说，他没有义务仅仅为了满足我们的想象，就非得骑马，毕竟生活在城市的中国人现在也不能为了满足外国人的想象而坐轿子，他完全有权利像你我一样选择他的生活。而可叹的是，对现在中国大都市中的人来说，似乎已经无可选择，大家都得过一模一样的现代生活。

对此，我们不甘心，所以我们花钱到处乱走，看看另外的生活是否还存在，看看这个世界是否依然丰富多彩。但我们忘了，这种丰富和差异说到底要到我们的内心去找。问题的关键是，我们是否有足够的想象力和勇气去真实地展开与众不同的生活。

现在的情况是，我们自己并无这种勇气，所以我们希望他人替我们去过不一样的生活，并无怨无悔地等着我们花钱去参观。而且，如果过得不真实、不彻底，我们还会不满意，觉得消费者的权利没有得到尊重。但是别忘了，他人的生活，并非你我的消费品。

学『疯』浩荡

A女士的电话。扯完了女人照例要扯的关于老公、孩子和狗狗之类的闲篇儿，她话锋一转说："我现在忙极了，马上就要考试了。我还没告诉你吧？我要考高级营养保健师。"

"哦？我怎么记得你是要考心理咨询师啊？"我的不识时务立刻遭到了报应，A女士果然很看不起我的落伍，说："什么老皇历了？心理咨询我已经过了二级，可以挂牌营业了。我现在的兴趣是当营养师。"接着她向我系统地阐述了学习营养保健的伟大意义，以及这门伟大的学科对于女性延展生活想象力之无可比拟的重大作用。我依稀记得，上次她去考心理咨询师的时候，也是这么热情高涨。

放下电话，我回忆了一下，这个回忆令我大吃一惊。

我自结识 A 女士以来，便眼睁睁地看着她从学瑜伽到学普拉提，从学古琴到学马术，从学心理学到学肚皮舞……一路都在学习中高歌猛进。

让我由衷钦佩的，是她对每一种学习都怀有巨大的热情，但每一种也似乎都无疾而终。而可怜的我呢，其实也比她好不了多少，她学过的这些东西，我或多或少也都学过，有的是被她裹挟而去；有的呢？不好意思，正是我劝她去学的。

仔细想来，我所认识的这班女士，整日

过的正是我们小时候总被教育的那句话：好好学习，天天向上。

　　似乎她们每次开始一段新的学业，不过是为了放弃另一种学习。但是，您千万不要问她们，诸如"究竟学到了什么"这样的问题。

　　中国有句古话："活到老，学到老。"当代中国女性，正在把这句话发扬光大的路上，一路狂奔。前几年是这样，现在也是这样。我丝毫不怀疑，如果不出意外，她们还会继续学习新的玩意儿。

　　现在的"女学习狂"们和古代人不同。中国古人的"活到老，学到老"，是为了通过学习，最终道德高洁，成为君子；现代女性的这种学习热情，来自哪里呢？可以肯定的是：第一，不是为了要道德高尚，因为她们从来认为自己的道德，无以复加；第二，她们也不是为了谋生，Ａ女士在生孩子之前，就已经是驰骋商界无敌手的女超人，即使现在，仍有著名企业在向她摇橄榄枝。

既不为这，也不为那，那到底是为什么呢？我不禁又犯了爱刨根问底的老毛病。

我想来想去，觉得有三个理由。第一个理由比较高尚，那就是她们需要学习，她们希望通过学习，来体验不同的生活，而绝非获得个什么证书那样功利；第二，学习可以使女士们延续自信心，这些女士们的共同特点是，都曾接受过良好而系统的教育，那也曾是她们辉煌的充满自信的青春；第三个理由是，学习可以使女士们打发那无穷无尽的闲暇时光。

但这些都不是问题的关键。问题的关键是，通过学习来打发时光，总比窝在沙发里织毛衣，比躺在床上刷手机，显得更有意义。这就好比养生，锻炼是养生，睡觉也是养生，但跑步游泳打网球，听上去更积极更体面。通过学习来打发闲暇，就好比是通过跑步来锻炼身体一般。除了专业运动员，没有人愿意固守一种锻炼模式。跑一阵子步，就想去跳舞，既然最近时兴现代舞，就不妨放弃有些失去兴趣的古典舞。

所以，这些女士热爱学习，但更热爱不断地更换学习内容。把心理咨询师二级证书考下来是可耻的，中途改弦易辙，去听营养保健课才是光荣的。

学习不仅仅是学习本身，更是一种时髦。想想吧，长跑运动员是不可能锻炼身体的同时，又引领时尚风向标的。

棉

裤

▽▽
▽

去办公室的路上，听到两个"白话精"在谈春捂秋冻，聊得热闹。

他们说，所谓"春捂"，重点是捂腿，因为人的下半身血液循环得比较慢。

最近也听有人说，现在高科技的内衣也不保暖，要说暖和，还得是老棉裤。

哦。我眼前忽然就出现一幅场景：两棵树，被一根绳儿栓了，绳子中间穿了棉裤的一条腿。

我家旁边有条小河，我总在那里玩耍。那一年冬天，我爹带我去滑冰。孩子总是喜欢河流的，尤其是结了冰的河流。你想想看，一年中只有冬季，才有可能在河面上走动。那感觉真有成就感。

突然爹不见了，我一条腿落入了冰窟窿。那是我所经历的第一个恐怖事件。

记忆到此中断，接下来的镜头，就是院落中孤独地穿在绳子上的呈"7"字状的那条棉裤，开裆的。

现在的孩子恐怕不知道什么是开裆棉裤了吧。就像因为禁放的缘故，一些孩子已经不知道炮竹为何物。

那个时候没有卖高科技内衣的，就算有也买不起，家家户户都是自己做棉衣棉裤。从秋天起，就有很多妇人天天晚上来我家串门子聊天做生活，一直做到深夜。

成年以后，尤其是远离家乡后，我总是

做一个梦：母亲坐在我的枕边，缝棉服。要做爹的，要做哥哥姐姐们的。而我，一般都穿姐姐们穿小了的，第一次穿新棉裤时，已经 4 岁了。

母亲的身子挡住了日光灯，她的腰顶住我的头，很温暖。

每次做这个梦，我都睡得很安稳。

客厅

客人来到我家，照例是热烈而友好地寒暄。寒暄之后，照例会有那么一小段微妙的时刻。坐在客厅沙发上的客人们开始东张西望，他们的肢体语言表达了略微的不安——好像觉得什么地方有些不对头，但一时之间又无法判断那不对头究竟发端于何处。

每当这个时候，我和老公都不禁要对望一眼，为了让客人尽快安静下来，我们异口同声："电视！对不起，我家的客厅里没有电视。"这时客人恍然大悟，喃喃地说："怎么会……"

然后，我们不得不费力地解释，为什么我家没在客厅摆放电视。通常，在我们解释之后，客人总会点着头，用一种对待怪物的宽容态度说："哦，没有电视，其实也可以……"那神情让我坚信，即使是我剃了个光头去上班，或者是我老公穿着条吊带连衣裙，在他们慈悲为怀的宽容中，其实也是"可以"的。

在中国的古老传统中，每家每户都会在家庭生活的重要场所供奉神祇和他们的祖先，而现在，几乎每一个入住新居的家庭里，客厅的所有设计，都围绕着安放在墙壁正中的那台电视进行。电视不仅统治了客厅，还统治了中国家庭的每一间卧室——主卧室、次卧室、保姆房……我的很多朋友家里，连卫生间也装有电视，甚至厨房、餐厅、健身房和书房的墙壁，也被嵌入电视……

事情的结果是，中国人可能成为这个世界上亲人之间最少对视的民族。

一个标准现代化中国人的标准习惯必然是这样：一进家门，脱掉鞋子之后的第一个动作，就是打开电视。接着嘈杂的声浪充斥了整个房间，然后老公或者老婆回来了，孩子回来了。如果你是这个家庭隐秘的观察者，你会发现这个家庭的所有成员的目光，很少落在对方身上，因为他们的目光正被无所不在的电视画面所吸引。即使是在吃饭的时候——这样一天中难得的团聚时刻，一家人总是一面咀嚼，一面看电视，他们的话题，也多由那些和他们毫无关系的电视中的喜怒哀乐所激发和构成。

毫无疑问，电视在很长一段时间内成了中国人生活的支配性因素。在中国，已经很难想象有电视不在场的生活。忙碌的上班族，通常早晨一睁开眼睛就会打开电视，夫妻俩也是在拿起遥控器关掉电视后才互道晚安；即使在那些高级写字楼里，人们在等候电梯的那一两分钟里，眼睛也会不由自主地盯着电梯墙上的电视；更甚者，现在的一些出租车上都安装了车载电视。现在，手机电视早已在中国风行，人们在地铁里也会闷着头刷手机，再看不见别的什么。

在这种情况下，一个人在他的客厅中没有安排电视的位置，那确实应该做出解释，我解释的重点，无非是现在的电视节目实在没什么好看的。而朋友们每次都对我的解释表示由衷的赞同："没错，一个晚上，遥控器都快捏碎了也没一个好看的节目。"我知道自己的解释苍白无力，全中国的人都在骂电视节目不好看，但这一点也不影响他们把目光呆呆地投向电视。

实际上，我不在客厅摆放电视，有一个更私密并难以说清的理由：我只是不希望让

一台电视控制我们的目光，我也不相信，离开电视，一个家庭就会无话可说。我也觉得两口子目光涣散地盯着跳动的画面度过整晚时光，是一件多少有点愚蠢的事。

于是有一天，我和老公坐在沙发上聊天。说着说着，我老公忽然发现新大陆般地说："亲爱的，你有没有发觉，最近咱俩的话好像比以前多了呢？"

我心里说，那当然了，客厅里少了台电视嘛。

并不私房的私房菜

▽
▽

中国人有在家里请客的传统，因为那曾经是非常重要的交际手段。在从前的某些时代，无论是喜宴，还是丧宴，无论是孩子满月，还是百日宴，无论是职位升迁，还是考上好大学，都免不了在家里办上几桌。不知道从什么时候起，中国人爱上了下馆子上饭店。

爱上了下馆子上饭店的中国人，终究忘不了对私房菜的热衷。即使置身餐馆，也丝毫不影响他们把它想象成别人家的厨房——一道道美味热气腾腾地端出来，带着女主人的味道。快餐店那样的地方，也许小孩子是喜欢的，但对请客的人来说，终究是不严肃、不体面、不好意思的。

这几年，在中国的各大城市里，私房菜都大行其道。随着私房菜的盛行，它逐渐演变成了讲故事大赛。每个经营成功的私房菜馆，都有一个摄人心魄的故事。请客的人，在菜肴上桌之前，总会以这家餐馆的非比寻常作为谈资。他会绘声绘色地告诉你，这个食谱是清朝某太监从宫里带出来的，是真正的御膳根底；或者，这家餐馆的主人，继承了当年某名旦家厨的衣钵……

这样一来，吃饭就不仅仅是吃饭，它还是吃掌故，吃文化，吃历史。私房菜的故事，四季流传。往往故事越离奇越神秘，私房菜馆就越门庭若市。所以，重要的已经不在于菜做得好吃与否了，而在于走近那个故事，所要经历的艰险和困难。因为每个私房菜馆都是以低调、昂贵和供不应求为标榜——在食客的眼里，那些四处悬挂广告牌、急吼吼招揽客人的，是不入流的。真正的私房菜，应当偏安小巷，曲径通幽，大隐隐于世。唯有这样的格调，这样的"范儿"，才更令热衷此道者痴迷。

我恰巧有这么一位朋友，兼具热爱文化和不畏艰险的双重美德。他听说北京某地有一馆子，为一来历神秘的单身老头儿所开设，立刻两眼放光，邀我同去。坊间流传，那家售卖的，是某大军阀的家宴，老头儿虽说手艺高超，却脾气古怪，每天只做两桌，店里不安电话，也不接受预订，能不能吃到，是要看缘分的。由于车子开不进去，朋友和我深一脚浅一脚在小巷里跋涉，七拐八绕，终于到得那宅门。拍打门环，不多时走出一个豹头环眼的小伙子。

我们战战兢兢地问："今天开饭吗？"

"师父今儿不舒服，不开饭了。"小伙子答毕，黑漆漆的大门咣当合上。

即使这样，我的那位朋友仍然觉得不虚此行，或许他还会认为，那个夜晚过得格外有品位。

还有一次，我去吃一个台湾某富豪的私家菜。端上来的牛肉倒是好吃，但接下来几乎全是带有花瓣露珠的甜品冰激凌。那位富人，我倒是经常在报纸上看到的，长得一脸的德高望重。我很难想象，他在自己家里，一面吃牛肉，一面流连于冒干冰水汽、姿态妖娆的甜品，口味如同一个小资女子。

所以照我看来，传说中的私房菜，不过是以施虐为出发点。你想要吃，对不起，先得问问人家今天有没有心情给你做。在店家面前，客人没有了自尊，胆战心惊，如履薄冰。能顺利抵达，已经是一种幸运。但光凭这幸运还不够，还需要另外一种机缘巧合的幸运——千辛万苦地找到，如果人家说一句没心情做，你也只能认命。当然，除了幸运，你还应具备充盈的荷包——神秘、稀缺、高贵的私房菜，必定是昂贵的。

我不能想象，在艰苦卓绝地跋涉之后，在天价菜单面前，你还会留意这菜其实并不怎么样吗？或许，它比你老婆带着诚意烧出来的菜，也好不到哪里去。

游戏精神

▼
▽
▼

　　在当今中国，每年六月的第一天，几乎是每一个有孩子的家庭的重大节日。在这一天，孩子们有了大人们无法拒绝的理由，去做他们喜欢的事情：玩儿。

　　在小女子看来，孩子们的玩儿，不需要任何特殊的理由，更不需要任何特定的节日。人的童年，本就应该在欢愉的游戏中度过。甚至，人的一生，都应该保持童心，保持儿童般的游戏精神。这种游戏精神中，包含着单纯的、无功利目的的好奇和快乐。

从某种意义上讲，文化和技术的创造，往往源于游戏精神。不会玩儿的人，大多是无趣的、没有创造力的人；拒绝玩儿的民族，也是创造力枯竭的民族。

在汉语中，有一个词汇叫作"玩物"，说的就是成人之玩儿，这是人们对于生活中没有直接功用，但是有趣或美好事物的热爱与沉迷，探索和创造。

比如紫砂壶，这大概就称得上是"玩物"。一般来说，我们只要有开水，就能泡茶，紫砂壶这样的东西，未必需要存世。但是，恰恰因为有了此物，茶事成了精致而复杂的事情，也成了具有无限张力和空间的事情。六百年来，无数人殚精竭虑，孜孜以求，使得茶事和壶事成为一脉，成为精致的艺术。

当然，"玩物"之后，通常令人担心的是"丧志"，担心人们丧失了那些修身治国平天下的大志向。不过，也许并不是任何一个时代都要求所有的人立志修身治国平天下。也许，我们需要更多的人辛勤地劳作、专注地创造，也需要更多的人能够有闲暇与余裕，去发展兴趣，一起分享和感受生活的丰富与美好。

成人们"玩物"，而孩子们也应该有自己的玩具。遥想古时的孩童，细细玩味昔时的玩具，似乎几百年前孩童们的欢笑声，与天空中颤动的鸽哨声一起，清晰地传递到了今日，传递到今人的耳中。

原来，古今都是一样的，游戏的、玩儿的精神，一直滋养着人类，从未间歇。

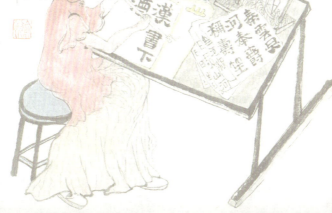

DO IT YOURSELF？

▼
▽
▼

　　我家装修的时候，我一个外国朋友很看不起我的做法。她说："为什么一提起装修，你所能想到的，就是选择装修公司或者包工队？干吗不自己动手，用你聪明的脑袋和独特的想象力，创造一个与众不同的家呢？"

　　从前我曾听说，有一些国家的居民，喜欢自己动手来组装家具，有的人连盖房子和装修都自己动手，因此在高强度的工业社会里，DIY被视为一种休闲方式。

　　朋友给我看她在法国的那个家的照片，壁纸是她和女儿合作贴的，看上去比装修公司的工人贴得还要平整，甚至她家厨房里的承板，都是她亲自钉上去的。

　　我大惊，问她如何才能做到，因为在我看来，这在技术上是行不通的。她说其实特别简单，无论是超市还是Catalog（商品目录册），都有现成的素材和工具出售。比如你想自己组装一个柜子，一个Package（包裹）买回来，板材、油漆、螺丝、钉子、胶水、垫片、手套……你想到的和你想不到的，里面全部都包括。若需大型工具，它会详细说明规格，你只要按照要求去邻居家借一个来就好了。里面还配有详细的安装说明和图例，按部就班地去做就好了。当然了，如果你肯再动动脑筋花点儿时间，即使是同样的材料，你也可以变换出不同的花样来。

　　"只有想不到的，没有做不到的。就像

我们小时候玩的积木，有趣极了，而且非常简单。"

她的话让我热血沸腾，立刻打车去宜家。在迷宫一般的宜家，我看到一对夫妇正愁眉苦脸向路人倒苦水。他们举着上次来时买的厨房用的不锈钢壁杆，说这玩意儿买回家才发现，里面没有配套的螺丝，只好带着再来购买，他们已经在螺丝区找了2个小时，晕头转向却一无所获。况且，要往瓷砖上钉螺丝，还需要冲击钻，他们也不知道上哪儿买，以及应该买什么规格的。

回家路上，一位朋友来电话求救。原来她给孩子买了一辆组装自行车。在新加坡居住的时候，她曾经买过这个牌子的，虽然是中国制造，但有详细的英文说明，当时她按说明书，很容易就装好了。上次的经验令她信心满满，不想这次却遭遇华铁卢——可能是说明书太过简单了，满头大汗地弄了3个小时，还是弄不清哪个垫片该安到哪儿。听她的声音，已经抓狂。我对此也没经验，所能给出的建议，不过是把自行车扔进后备厢，开车出门，找个自行车修理摊试看。

自行车修理摊果然解决了朋友的难题，只花了 20 元。但在宜家遇到的那对夫妇，是否最终如愿以偿，就不得而知了。

如果那对夫妇的遭遇让我迟疑，那么朋友的电话，几乎让我对 DIY 失去斗志。

DIY 是一场斗争，是和一切标准化生活的斗争，但它首先是和这件事的实现可能性的斗争。

我仍然坚信我那个西方朋友的话，DIY 肯定是个好玩的游戏。但问题的重点是，谁来为我们提供积木呢？

自己的玫瑰

▽
▽
▽

读史书，便知道，衣冠不是小事。

往大里说，它是文明的标志，往小里说，它是人的体面和尊严，是无言却又先声夺人的表达。

孔子有个叫子路的弟子，据说便是死在衣冠这件事情上。在血肉相搏的战斗中，子路的冠带被刺断，因而冠歪向一旁——这在现代人看来，是多么小的一件事啊，但是那一刻子路却停了下来，因为他从老师那里学到的是，一个君子，即使在困厄落魄之中，也必须衣冠楚楚。于君子而言，正冠有时比生命还要重要。

当然，最终我们都知道了这个故事的结局，便是在子路正冠之时，敌人的剑刺穿了他的身体。但是，千年以后，人们早已忘记了那个杀掉子路的人，却记住了子路——这个体面、自尊和高贵的男人。

人世泥泞艰难，但人之为人，却不肯放任自己，即使周遭污秽，也要在污泥中白衣胜雪。这样的男子，古代很多，现在很少。文明的粗糙和陋鄙，主要不是体现在女人身上，而是体现在男人的身上。对于不在意自己的仪表和衣冠的男人，很难想象，他是一个自尊和体面的人；也很难想象，他是一个好的丈夫和父亲。

行文至此，已经暴露了小女子的女性眼光与立场。是的，小女子不才，常常疑虑着，一个连自己的衣冠与仪表都不以为意的男人，会真的爱这个世界吗？他会真的对这个世界负起责任吗？

这恰恰也是中国古人的看法。古代的男人们，无论是严谨还是放浪，都对自身存着一份郑重，他们相信，一个人如果面对自己时，都不能领会什么是美，什么是得体，他就不可能在世界上活得正当和有尊严。所以，宋朝的书生们，年轻时簪花而艳，年长时入相当国，即使勇武如关羽岳飞，也必有毫不苟且的仪表。

古代的"男神"们为我们确立了一种美好的生活尺度，优雅与勇猛，洁净与坚强，感性与雄才大略，这并不矛盾，而是完美的一体。

巧的是，昨晚饭局上，一位刚从欧洲归来的朋友，谈及他在伦敦街头经常碰到年迈的男士，或者白发苍苍，或者步履蹒跚，但

都仪表修洁，穿着笔挺的西装，西装的上衣
口袋里，有时会斜插着一朵鲜红的玫瑰。

　　——不管他经历了什么，不管他是平凡
还是成功，如果一个男人在年迈时，依然有
心在整洁的衣服上别上一朵玫瑰，他一定是
可敬的，和尊严的。

　　现代人的生活中，仿佛只有女性的节日，
却很少有男性的节日。谨以此文，作为送给
男士们的礼物，祝劳作着和创造着的男士们，
永远葆有生命中那一朵自己的玫瑰。

《荷意》国画写意。纸本设色。40cm×40cm。俞悦作。

图书在版编目（CIP）数据

意外之美 / 俞悦著 . -- 武汉：长江文艺出版社，
2024. 1

ISBN 978-7-5702-3403-5

I . ①意… II . ①俞… III . ①散文集-中国-当代

IV . ① I267

中国国家版本馆 CIP 数据核字（2023）第 218627 号

意外之美

YIWAI ZHI MEI

俞　悦 著

选题产品策划生产机构 | 北京长江新世纪文化传媒有限公司

总 策 划 | 金丽红　黎　波

责任编辑 | 张　维　　　装帧设计 | 郭　璐　　　责任印制 | 张志杰　王会利

助理编辑 | 张金红　　　内文制作 | 张景莹　　　内文插画 | 俞　悦

版权代理 | 何　红　　　媒体运营 | 刘　冲　刘　峥　洪振宇

法律顾问 | 梁　飞

总 发 行 | 北京长江新世纪文化传媒有限公司

电　　话 | 010-58678881　　　　　　　　　传　　真 | 010-58677346

地　　址 | 北京市朝阳区曙光西里甲 6 号时间国际大厦 A 座 1905 室　　邮　　编 | 100028

出　　版 | 长江出版传媒　长江文艺出版社

地　　址 | 湖北省武汉市雄楚大街 268 号湖北出版文化城 B 座 9-11 楼　　邮　　编 | 430070

印　　刷 | 天津盛辉印刷有限公司

开　　本 | 787 毫米×1092 毫米　1/32　　　印　　张 | 8.5

版　　次 | 2024 年 1 月第 1 版　　　　　　印　　次 | 2024 年 1 月第 1 次印刷

字　　数 | 93 千字　　　　　　　　　　　图　　数 | 80 幅

定　　价 | 59.80 元

盗版必究（举报电话：010-58678881）

（图书如出现印装质量问题，请与选题产品策划生产机构联系调换）